祝福

高原英理

TAKAHARA EIRI

SHUKU FUKU

河出書房新社

祝福

目次

装幀　水戸部功

01

リスカ

安かったので何枚も買っておいた真っ白のタオルを敷いて、音楽はアヴィーユというブリティッシュのバンドのアルバム。重く静かできらきらした、たった一人の夜の夢、ってこれ、どこのコピーだったか。

　東急ハンズで買う使い捨てメスで、押さえてぷつりと刺し、横に引く、そのとき、見開いた眼の端の中に何か動くもの、それは蠢《うごめ》くとか移動するというのではなくて、物質的なところがなくて、翳《かげ》りの中の影、実体のない、でもすばやく過ぎ去る、時間のような、最も早く過ぎ去る時間のような、それが一瞬で、でも、その一瞬の奥に何万年も何億年もかかる距離があって、わたしは、砂漠を歩くように遅々として進まない自分の魂を、投げかけ、放り投げ、少しでも奥へ向こうへ、今度はもう少し、もう少し、時間の、一瞬の奥にひそむ、永遠の距離の、遠い遠い、でも一瞬の。血がにじむ、手首にはまたもう一本の、運命が刻まれた。

　痛みは少し遅れてくる。切っているときほとんど痛みは感じない。

　血の色は本当はあまり好きでなくて、したたるものがわたしは苦手で、べとべとしていたり、濡れていたりするのは気持ちよくないのだけれど、でも肉に刻まれる傷が、誰もそれをよいものと思わないのだけど、わたしは自分の身体に、聖書のだとか、それとも魔術を記した秘本にある言葉だとかを書き留めるように、剃刀《かみそり》で、ときには小型のナイフで、最近はお気に入りのメスで、少しだけ、少しずつだけども、記すたび、それはわたしではない、わたしでない自分が微かに見えて、やめられない。

秘密にしている。人に告げることではないと思う。自慢ではない。愚かだと思う。でも、身体は、わたしの身体とは、血を流すためにある。

不幸な人たちは、正しい壊れ方を許されず、望まない病気になったり、事故に遭ったりして、それがとても美しいことにはならないので、わたしには思えないので、わたしはけっこう用心深く身体を保っているつもりだけれど、ふと昏倒してしまうときがあるのは、わかっている、貧血だ。青白い顔は嫌いでない。薄暗い部屋に死体のように寝ているのはとても心許される、変な言いかただ、でも一番ふさわしいのだ、心が何かに許される気がするので。

わたしの部屋はヴェランダに面した南のところで日当たりよくて、明るいのに、いつも遮光カーテンを引いて、ふだん薄暗い、あまり掃除もしないから降り積もる埃に溢れた、わたしは幸いアレルギー体質ではなくて、でもいつか埃にやられるな、きっと。埃という名の過去の蓄積がわたしを殺すな、きっと。

出血といったって、全然たいしたものでないから、化膿しないようにマキロンをかけて包帯でぎゅぎゅっと縛っておけばすぐ治る。片手でやるのが面倒なだけだ。

でもしばらく、この、なんだか違う気持ちで、左手をそのままタオルの上に置いて、ベッドに仰向けになって、少しずつ血が抜けてゆくのを、といって、出血多量になる前に止まってしまう程度の傷なのだけど、でもちょっと死ぬかも、死に近づいているような、それがなんだか違う気持ち、違う、っていうのは、わたしという、この少し前までの生き物とはほんの僅かだけ違うということだ。

眼は閉じる。なんでなのか、どうしてか意識も無用に思えるのは、動物は必要なことしかしない。

ただ肉の重みになって、ベッドにいる、左手の小さな傷は夜への通路で、動物たちの、明るい意識のない、何でも手探りで、匂いと勘で獲物を狙う、狙われて逃げる、そんな夜の手触りがアヴィーユの奏でる音と一緒に、左手の傷からわたしの身体に沁み込んできて、血管を通って心臓までくると、ゆっくりと、蔦が枝葉を伸ばすように、身体に拡がって、そのときわたしの身体は、わたしという自分を忘れかけて、内側に深い静かな夜を持つ。

何時間もそうしていたい。眠ってしまうこともある。眠りも同じ夜への通路だから、わたしの望みは眠り姫みたいなのかな、でも王子様来ないでください、寝たまま腐ってなくなってゆくのがいいな、死体なのか寝ているのか、わからないような眠りがきっとある。きっとあるのに、なぜだろう、いつの間にか、眼が開いてしまう瞬間がくると、は、そうだった、と、眼醒めたときと同じように、あれ、自分、というそれが戻っているのに気づいて、左側を見れば手首から赤いのが滴《したた》っている。

ベッドの上のタオルがどこかの地図みたいにまだらになって、血の描く大陸は、島は、そこにはきっとみな、いるに違いない、いたたまれない人たちが、どうしようもなくて無意味に手首切ってしまうような人たちが、一緒にいたって仲良くできもしないのに。

あ、母が呼ぶ、そうか、それで起こされた？　やっぱり寝ていたか？　また母の声、今行くから待って、待って、消毒して左手首を包帯で締めて、くるくると巻くのはかなり上手になったつもりなのだが、母がまた呼ぶ。

「待って。すぐ行く」

ある時から母は、わたしの部屋に入ってこなくなった。だから、必要があるときは外からわたしを呼ぶ。わたしは、そうだ、母から気遣われている、それが、たとえば、なぜ父が出て行ったのか、絶対母に尋ねない、というようなわたしからの気遣いのお返しのようなものか、

「もうちょっと。すぐ行く」

明るい声だと思うので、母はわたしが手首を切っていることは知っているけれど、最近そのことにも触れないようにし始めた。

母は、今日も薬を飲まないと眠れない。何種類か飲んでいる。父がいた頃は違っていたのだろうか、わたしの記憶によれば、といっても五歳くらいだろうか、上から顔を寄せて来る背の高さみたいな感じはわかるのだが父の面影というのがよく思い出せない。それはうちに一枚も父の写真がないから。

部屋を出て、居間で猫背になって所在なげに座っている母に微笑んでみる。母は、あまり怒ったりひどいことを言ったりはしないが、ほとんど笑わない。わたしがかわりに笑う。

母はただ呼んだだけだ。わたしが死んでないか確かめたくて、といつか言ったが、どちらかと言えばわたしのほうが確かめる、母が知らないうちに死んでいはしないかと。

「ミレイちゃん夕食お願いできる？」

というのが今回の用件ならいつもよりは理由がわかる。

わたしは、左手の包帯が濡れないようにして米をとぎ、でもやっぱり濡らしてしまう、ご飯が炊ける間に、わたしのできるのは粉末スープとか簡単なサラダとか豆腐切るとか、本当に自分は無器用なので、切るかちぎるくらいしかできない。

母は「ごめんね」と言いながら俯《うつむ》いていて、どこを見ているのかわからない顔で、はたからは少し眠そうにも見えるけれど、夜になると全然眠れないらしくて、ずっと前、食中毒で熱まで出してものすごく消耗したときだけ、薬なしで寝られた、と感激していた。

いつでも食べられるようにラップをかけておく。食べることに病む人もいる。ものすごく食べては吐く、全然食べないようになる、そんなことを繰り返しているわたしくらいの齢《とし》の子がいた、どうしているだろう、わたしは今、学校に行っていない。

いじめられることはよくあったけれど、それだけならなんとか耐えた。でも、あの教師が厭だった。

作業に戻ろう、トマト洗う、そして、わたしの、今は唯一の、世界との関係を思い出す、手軽に作ったネット上の自分のページにはブログ形式の日記もあって、一言でもヤな感じの言い方があるコメントはすぐ削除するのだが、それとは別に、なんか悲しくなるような、見えてない人もときどきいて、そういう人って大抵「自分ってこんな人」、って自分のこと語りたがるんだけど、それが本当にその人なのでなくて、そう思われたいっていう執念が、怖いくらい透けている。

手首を切る。ネット上にポエムみたいな思いつきを書く。

何をやっているんだ、君は？ それがあの教師の口癖だった。

わたしが、でも、攻撃的になれるのはもうこれ以上引けないところまできたときだけで、多《た》賀津《がつ》というあの教師、小肥《こぶと》り、小さな目、口にいつも唾の泡ためてしゃべる男が寄ってきて顔のそばで何か教え諭すような言い方をしながら胸に触れてきたときに、これが他の先生なら怯《おび》えたりためらったりして身動き取れなくなるのだけれど、このときはぎゃあぎゃあ叫びながら奴を突き飛ばして、叫びながら逃げた。

それで奴はすごく慌てて、見込み違いだったのだ、わたしみたいな愚図な生徒は乳揉まれても抵抗しないだろう、って、普段のドンくさい、何かヤなことされても済まなそうに何も言わない、そういういつもの態度でこわごわ我慢すると思ってたんだ、でもこいつだけは違ったんだ。

で奴はすごく慌てて、その後、きっと、ものすごくいろいろ、画策したのでしょ、根回しとかなんか、ああいう感じの男には似合わないこともたくさんやって、職員会議で問題になる頃には、成瀬美礼《なるせみれい》は、同級の生徒たちからのいじめのせいか、ちょっと精神的に錯乱することが多く、虚言癖もあります、ってことになって、もしわたしが、あの先生、ヤらしいことしたんです、って言っても、あ、またですね、みたいな対応になるよう準備されてたはずだ。でもわたしはわざわざ言ってない。多賀津を告発もしてない。ただもう厭で、登校拒否になっただけだ。

多賀津、ほっとしたでしょ、何が起こったか、報告もなかったから、成瀬美礼はいじめに遭って登校拒否中です、何度も話しかけてみたけどどうもかたくなで、って報告だけが残っただろう。

それ以来わたしは高校へ行くのやめて、母は一層暗い顔したけれど、でももうわたしに行く気がないのわかったら案外簡単に認めた。

テーブルに並べる、豆腐と卵焼きとサラダとスープ、ご飯もうじき炊ける。

母には少し貯金があったのだけど、精神科行くようになってどんどん減った。週四回スーパーマーケットのパートに出てるけれども、ミスが多そう。わたしも近くのコンビニでアルバイトしてる。夜。齢ごまかして、左手にアクセサリーに見えるレザーのカバーをつけて。

でも、そっとしておいてくれることのある母でまだしもよかった。わたしの気が小さい愚図なところとよく似ているのが今更にわかってくるとともに、わたしは何もないときはいつも薄暗い部屋に籠《こも》ることにした。

昼は寝てることが多い。母の分《ぶん》てか。夕方近くに起きる。週一回は傷を作る。コンビニで嫌な客に遭ったりするとその日も切る。

母とともに夕食だ。

手首切って、あと一時間もたつと、ものも言いたくない感じになる。母ともまともに話せない。母の代わりに微笑んであげられない。

陰気な夕食は黙々とすすんでいる、食べるのさえ億劫《おっくう》で、どうしてここにいる自分なのか。

「いつかね、どっかのガソリンスタンドで、夕方にさ、ふっと空を見たら、昔子供の頃に見た空だったの」

不意に母が言う。わたしは全身の重心が足許くらいのところにあるような、溶けて床に溜ってしまいそうな気分のまま、あ、こういう話するときはまだ母の状態がいいときだなと判断している。

「空の色が、ていうのかさ、光が、夕方のね、……なんて言えばいいのかな」

母には子供の頃の記憶だけが頼りなのだな、今を見ないようにするための。それがわかるだけで、母の見た空の色はわからない。自分、忘れられない光景、あっただろうか、歳とって夫が逃げて娘が高校中退になってもよりどころにしていけるような、でもわたしはほとんどの過去が嫌いで、ひょっとしたらね、母には五歳くらいのときが人生最高で、わたしは九十歳くらいのときに最高の一瞬がくるんじゃないか、とか、そういう人が早死してしまうと予定されていた最高の瞬間がこないまま下向き人生だけで終わるのかな、とか、信じないと思っていても無用なアイデアが出てきて困る。そんなことあるわけないじゃないかよ、でも。得られない幸福感の憶測は足にもつれてからむ棘付きの草だ。

「ミレイにはわからないよね」

あ、母の口調が変わった、まずい、こっちに向いてくる。どうしよう、これが一番困るのだ、母はわたしに自分の過去のイイ感じをわかるように言うのだけど、そんなの通じるわけないからわたしがわかったふりすれば嘘だってものすごく不機嫌になるし、わかんない、って言えば絶望した顔をする。

「でも、違うことならイイ感じあったよ」

と言ってみると、

「駄目だよ、幸せって、そんなもんじゃないよ」

と言ってやっぱり絶望的な表情になった。わたしは食べ終わって片付けにかかった。

出よう。たまに外出する。母が不安定になっているときはわたしがいない方がよいみたい。

そう感じて、母のなんだかわからない告白みたいのが、どこかでいきなり、うっと詰まって出てこないようなときは、買い物ね、と言って外へ出ることにしている。

「あれ買ってくるね」と言うのは、いつも母がその「あれ」が何かを追及しないからで、外出するときの決めの言葉になった。

　自室に戻ってちょっとだけ着替えしてみて、できるだけ黒っぽいものにしよう。それはでも、気合入れてないし、本気でゴスロリみたいな衣服は二着くらいしか持ってない。たまにわたしのブログ読んで、ゴスロリさんですね、って言ってくれる人がいるんだけど、そしてわたしもなんとなく、自分みたいなのはゴシックロリータななりをしていると似合うのかなと思うけれど、ファッションについては実はもうほんとにニワカで、渋谷パルコパート2の二階に以前あったそれ専門の店で興味半分に一揃い買ってみただけで、決定版の一張羅に、替えの黒い髑髏《どくろ》模様のワンピースひとつというていたらくです。

それだってあんまり着てみることもなくて普段はただ黒いTシャツに黒いミニと黒のストッキングがせいぜいの、どってことないただの黒い人で、わたしはそんなに目立ちたくもないのでこれですましている。でも明るい可愛い服着ているとなんか嫌な目に遭うことが多かったのは、狙われやすいからかなあ、あのクズ教師にさえ舐められたくらいだからなあ。それで黒々して道の端歩いてるよ。そういう人生だよ。でも余計なことされなければ文句ない。

「買い物ね」

ともう一度声かけて出た。鍵も外からかけた。わたしが外へ出るとき母は自分で鍵かけない。無用心だけど、こだわりがあるみたいで、娘を追い出して鍵かける、みたいな想像が嫌なのかと思う。でもそれじゃいけないのでわたしが外からがちゃっとやってようやく防犯完成となる。財布も持っているし中には一万円入っているし、これならどこへでも行けるな、雨も降ってない、パスモもある。携帯電話を見ると午後六時十分過ぎたくらい。わたしは今もスマートフォンは持たない。LINEもゲームもしないので必要を感じない。でも携帯電話って、あと二年くらいで製造中止なんだって。中学ぐらいの時に手持ちのそれがガラケーと言われるようになってなんだか指先でくるくるする平たいやつが普及し始めて、これは危ないなと思っていたらやっぱり、絶滅するらしい。ガラパゴス携帯と呼ぶのなら、世界遺産にして手厚く保護してくれたらどうなんだ。小さい声届かない声だ。わたしの周りはそういうわやわやした、耳を澄ましてもよく聞き取れない呪いの言葉に満ちている。わたしの言葉もそのひとつで、でもブログには読めるように書いているけれど、砂粒のひとつから芽は出ない。

エレベーターで一階へ下って、扉が開いて街路に出て、耳の後ろに風を感じているときにも、右から前から左から、後ろから、か、とか、ろ、とか、モザイクみたいに組み合わさった声があるとき塊になっていきなり、とん、と頭を押す。ような気がする。風だけでない、ここは商業地なので、自動車の通りも多いし、すれ違う人も途切れない。だから心の重心が地面近くにある人はゆらゆら頭を揺らすばかりだ。

昨日より湿度は低いので少し気が広がる。気圧かな。気圧と気持ちは比例する。それでようやく仰向いて、もう夏ではあるけれどまだちょっと雲の多い五月の薄青い空を見た。

気は配っているつもりなのだ、ぶつからないように、でもどうしてみんな、全然周り見ないでどしどし歩くんだろう、避けるのはいつもわたしだ。ちょりりりと無秩序に走る子供が足に触れそうになるのが、今日はとても苛立たしい。本当はそうだな、傷を作ったあと数時間は馬鹿になって寝ていたい。頭を空《から》にする、って言うけど、でもよくわからない。無念無想もどういうことか知らない。だからわたしにできることはなるべく心下向きにしてそれでも勝手に思い出されてくることをひとつひとつ正確に考えないようにするだけで、記憶を眺める、って言ってます。それについて考えないでいるという意味。

ここから使う最寄駅っていうのが急行の止まらない駅なので、でも急ぐ理由もないから、それどころか行く当てもない。わたしどこへ行こうかなのときはいつも、ターミナルまで足を伸ばすことにしていて、時間が中途半端なので、しばらく待っていて来た電車は空《す》いていて、ひとつ置きくらいに座席が空いていて、座って、あ、持ってきてたかな、とバッグを探るとよかった、入れたままの『萩原朔太郎詩集』を取り出して開いて、「さみしい病人の顔があらはれ」とか「ねばねばとしなだれて居る」とか「おわあこんばんは」とか「いつも、なぜおれはこれなんだ」とかいう気分ぴったりの詩句を追った。日本の詩人だと谷川俊太郎と萩原朔太郎しか知らない。母が読んでいたから。それでわたしも読むようになって、そうするとわかったのだ、萩原朔太郎はなんか、くる。もっともっと気になった言葉を拾い読みしていると瞬く間に終着駅に来た。

降りてしばらく、やっぱりゆらゆら、周りの声任せに身体を推し進めて、まっすぐ先の交差点の信号のところに来て、もう一度空を見上げると、雲の端から翳っている。でもそれより、正面の右手側に見える、緑色は、さっきまで赤だった。これを青信号と言うのは不思議だな。と思って、そんなこといつもは考えもしないのに、今日は世界を厳格に言い表したくて、ちがうじゃん、緑信号でしょ、赤・黄・緑でしょ、どうして不正確なの、と誰に向かって抗議しているのか、でも色の名前は厳密にすべきなんだよ。

こんな思いつきのせいで、ちょっとだけ、道路の途中で立ち止まってしまって、緑信号を見上げたまま、でもすぐ、あ、駄目だ、さっさか歩かないと、後ろから来る人にどん、ってやられそう、と焦って、足を早めたとき、お尻に違和感があった。

違和感というよりあきらかに掌で摑まれた感触だった。

え、と後ろ振り向くと誰もおらず、あれ、あれ、と周囲を見回すと、少し前にやや早足で通り過ぎてゆく茶色いブルゾンの年配らしい男性の姿があって、あ、こいつが追い抜きざまに触っていきやがったのか、と思うのだが、慌てていたので本当にこいつなのか、確認できないまま、痴漢です、と叫ぶ間もないまま、そいつは行き過ぎてしまう。手馴れているのか、振り向きはしない。早業だ。こいつ、いつもこうやってささっと追い抜きざまに女の尻摑んでいるのか、と思うと、俄《にわ》かに怒りが湧いてきて、でもタイミングを外されたので今更ここで「おいオメー」と言い出すのが難しい。それに該当行為はもう終わっていて、証拠がない。こいつほんとに悪質だな、と許せない気になってきたので、少し尾行してやることにした。当人は自分に疑いがかからないよう知らんぷりして、今のところ絶対振り返らないだろうから、それをよいことに、横断歩道を渡ったあとも、そっと、数メートル離れてゆく。

　商店街の広い通りに入ったので、人通りにまぎれて、一層わからないだろう、でもついてゆく。後ろからの目印は茶色のブルゾン、灰色のズボン、くたびれた革靴、やや髪の薄い頭、小柄、歩き方はしゃきしゃきして常に足早だ。何人も追い抜かしてゆく。

　そうしてしばらくいったところで、オレンジ色のワンピースを着た若い女性の背後に近づいていった。これは狙ってるな、と思ったとき、そいつはさっと左手を伸ばしたので、走り寄って、

「おいそこのクズ、手出すなー」

　と叫んだら、男は初めて振り返って、おわっという顔をした。見れば結構渋い男ぶりだったが、その表情が、きっと当人にはこれまでほとんど経験のなかった場合のものだったと思う、口が横開きになっていた。

続けて叫んだ。

「今、手伸ばして、そこの人触ろうとしただろう、みなさん、こいつ痴漢です」

男は、一瞬、何っ、と抗議しようとしたが、すぐ前に向き直って、これまた一層の早足でさっと逃げていった。これまでいつも早業は得意だが「俺はやってない」的に開き直るタイプの行動には慣れてなかったからだろう。こそ泥系痴漢らしく、逃げ専門で最初から勝負はしないつもり、言い合いは想定外だったのだ。

ここで「こらー、そいつ捕まえてください」と叫ぼうかと思ったけど、考えてみると、実はこいつは今回まだ何もしていない。わたしはやられたけど、そこのオレンジ色のお姉さんはまだ被害に遭う前だった。まいっか、被害者になるだろう一人救えたってことで、と思って、何もなかったみたいに再びでれっとした歩き方に戻って行き過ぎようとすると、オレンジの人が寄ってきて、

「ありがとう」と言った。

改めて顔を見ると、眼の大きな、柔らかそうな肌の、そして声は少し低いめに聞こえた。歳はどうだろう、わたしとそう変わらないくらいかな、ちょっと年上か、背もわたしくらいで、ほっそりして、丈の長いオレンジ色のワンピースは、よく見ると濃淡があって胸から腰辺りまで渦巻きみたいな模様になっていた。左右三角のカラーが白かった。袖のところにも白い折り返しがあった。髪は肩まであって緩いウェーブで額がちょっと広めで、賢そうだった。なんていう女優だったかなあ、もうテレビ見なくなって長いからほとんど忘れたけど、その乏しい中

でかろうじて断片を憶えている楽しいホームドラマに出てたお姉さんに似ている、ような気がする。そうだ、楽しいところにいる人みたいだった。

「え、はい」

と、決まり悪げに答えながら、ちょっと見とれた。でもそれだけで、あとはあのおっさんと同じに、わたしも行きずりだし、うん、と顔かしげるように挨拶して、それだけ、のつもりだったけど、

「ねえねえ、お礼お礼」と相手が言ってきて、最初本当に何のことかわからず「なに?」と言うと「お礼させて」と再度言う。

「うん」と答えると、

「じゃ、もっと先の」と早足になる。脇に沿って歩いた。

「どうして急いで?」と問うと、

「あのね、空気」

「え?」

「あんなののいたとこにいるとあなたも汚れちゃう。もっと向こうへ行こう」

そんな考え方があったか初めて知った。

「爺《じじ》いにさわられなかったお礼にわたしにさらわれて」

この人、ちょっと変? でもそうだ、それならこのお姉さんにさらわれよう。鮮やかなオレンジ色の渦巻きが、左脇に立っている。それは小さな竜巻のように、くるくる動いて、無知で

ぐずな女の子を巻き込んでしまうに違いない。

「あなたの好きな店ってある?」

「少し先にエルヴァイラっていう喫茶店があるよ」

「じゃ、そこ行こう」

見上げれば空が赤くなっていた。夕焼けている。それはオレンジ色ではない。違った。でもわたしには、わたしの眼の裏側に映る空はオレンジ色で、オレンジの空の下、オレンジ色のワンピースを着た人にさらわれていくんだ。どこまでも行くんだ。

すると、でも、すぐに世界の果てに着いてしまって、そこにはエルヴァイラという少女趣味な喫茶店があった。

扉を押して入って、すうすうと冷気が、よく効いているので首のあたりが淋しい。二人で奥へ進んで、いい感じに壁のそばの二人がけに場を占めた。アンティークまがいの椅子とテーブルや、本当にちょっと古そうなキャビネットや、英国の紅茶が似合いそうな店だけど、でも、わたしコーヒーにします、ケーキもセットで、あなたは?　という相手のやりとりと、クラシックなメイド服のウェイトレスと、斜め向けば白い壁に作った小窓と壁龕《へきがん》に、いくつもある小さな花を活けた瓶、レースの敷物と、青いリボンと、猫とかうさぎとかの陶器の置物に、

「わたしもコーヒーにする。カフェ・カプチーノお願いします。ケーキはガトーショコラ」

とメニュー指差しながら言うと、ウェイトレスが去って、部屋の奥まった一角には入口よりは少しぬるまった空気をバロック音楽らしいチェンバロの入った協奏曲が顫《ふる》わせている。周囲

にいる人の話し声は大きくない、のは、がははな感じの人がいないからで、店に響く音楽も音量は小さい。それで、壁際角《かど》のここには薄い膜をかけたみたいな穏やかさが、でも今、それがわたしには少し怖い。知らない人と何を話せばよいのか。周りがとてもうるさいと自分が無言でいても代わりに音たててくれてて許されるような気になるけど。でも、

「わたし、アサミ・ナオ。青泉学院大学一年」

と間をほとんど空けずに話しかけてくれるこの人は、とても人の心の隙の在り場所がわかっていて、人がどんなとき怯えるのかもきっと知っている。でも、アサミって苗字だよね、ナオが名前だよね、どっちも名前みたいだけど。

「ミレイです。ナルセ・ミレイ」

発音だけだと漢字がわからない。それでわたしたち、カタカナ的に音声だけで伝えていると未来の人みたい。ＳＦによくあるでしょう、日本人の子孫だから一部日本人的名前なんだけど未来は世界文化がハイブリッドしていて、それでちょっと違和感部分入ってる、「シロウズ」とか「ケン・ソゴル」、これ、むかーしのＴＶドラマにあったって、母が。わたしたち、いつとも知れない未来から過去の今へ迷ってきた娘たちだったりしたら。

ってさ、こういう妄想みたいのはいくらでも湧くけど、でも口には出せない。こんな話、相手が歓迎して受け取るかわからないから、そこに似つかわしくないことを言うと、なにあんた、って言われそうで、怯えやすい気の小さいわたしは、世の中でこれだけは確実で受け答えも決まりきってるっていうやりとりしか、しない。「こんにちは」「こんにちは」「おはようござい

ます」「おはようございます」「どうかよろしく」「どうかよろしく」

「郁鳳《いくほう》高校中退」

って続けてみたけど、あんまりいい自己紹介じゃないな、でも、ほかに、仕事っていうならコンビニのアルバイトだし、それ以外だと何を？　リストカットしてます、なんて、言えるかよ。特にこのアサミさんには言いたくない。左手に包帯巻いてるのは見ればわかるわけだけど、怪我ですよ、これ、さっき、夕食作ってる時に包丁で切っちゃって。誰がそんな言い訳を求めている？

アサミさんがじっとわたしの顔を覗き込んで言った。

「石とか結晶。鉱物、好きでしょ」

いきなり、どうしてわかるのか。好物、って言われたかと思って、好物が好きなのはあたりまえと言いかけたときその前に石とか結晶という言葉があったので、それですぐ鉱物という漢字が出て、僅か後にああそれかと思って、うん、それなら、でも、そんなの好きだったか？どうしてわかる？　で、

「え」

と言う、そこから一瞬と少し、そしてその間に、そうだわたし、実は人間のふにゃふにゃしたとこが嫌いだから硬くて重い石が好きだった、手の肉を切るのは自分が軟らかいことへの懲《ちよう》罰《ばつ》だ、と、突然、言われて気づいた。気づいた気がした。

そんな馬鹿なこと、わたしは鉱物マニアだったことは一度もなくて、確かにベッドの横にお

まじないみたいにして、よく眠れる水晶、とか、ラピスラズリとか、置いている。でもそれだけだ。その程度で鉱物が好き、って言うのは申し訳ないってか、すみません、このくらいでマニアではないです。

でも、言われて気づいたのだから、気づいたことにしたのだから、いいじゃないか、わたしは、現実にはコレクターでもないし素人研究家でもないけど、鉱石とか結晶のあの人離れした宇宙の原理がそこに凝縮しているみたいな、ポータブル永遠な感じを、とても愛しています。

「ええ。はい」

と答えた。答えることでわたしは、これまでの曖昧なわたしでない、鉱物が好きな、理系女子風のわたしになった。アサミさんは、わたしを、一瞬で理系女子にしてくれた。ああ待って、理系なんていうには知識がない、でも、志はある。知識はそのうちに身につくだろう、熱心に石を愛していけば。いいえ。でもやっぱり無理だ。それならわたしは、文系鉱物マニアになろう、鉱石の種類や分類はあんまり詳しくないけれど、そうだ、アヴィーユの音楽が想像させてくれるみたいな、硬質な世界、それを成り立たせる想像の鉱物、結晶、を、詩的に愛していきます。

無理やりだな。でもアサミさんは掘り起こしてくれたのだ。わたしの、隠れた、本質を。本質？　知らない。でもそう考えることが今のわたしにはとても納得ゆくので、そういうことにする。

「詳しくはないけど。でも石イメージで生きてます」

石女と書いてうまずめと読む。これはあのクズ教師が厭な口調で教えた言葉で、あの厭な言葉つきの記憶から今よくわかる、ああいった男たちにとって、石と女がひっつくととても忌まわしい負の意味になるのだ。ああいった、というのは奴みたいなののセクハラが生まれてくる根のところに、女が硬い石や結晶であってはならない、いつも肉質でぷるんぷるんしてて必要な時にはぬるぬるの液体を分泌して待っていて、突っ込まれる棒から出た汁で自分の中にもう一体の肉の組織を育て上げる、それだけが女の価値だから、っていう女たちへの蔑みがあるから出てくる言葉。

あ、しまった、気が汚れた。アサミさんはそんな汚れた奴のこと言ってない。

「わたしも石好きだな、軟らかいものもふわふわのものも好きだけど」と言っただけで、それで、

「ラピスラズリの青も好きだけど、透き通ってるのが特にいいです」とわたしもできるだけ以前からそれだったらしく答えた、なるべく平凡風に、その、奥には限りない怒りがあるのだけど、そこはアサミさんには伝えない。でもそうした深い翳りのところもやっぱりアサミさんの言葉が指差していた気がする。こんなこと、一人では思いつかない。すると、

「いま、ちょっとヤなこと考えたでしょ」

と言われて、なんか超能力者みたい、やっぱり未来人？　名前、本当はアサミ・ナオ・ソゴルでしょ、て思ったけど、でも母がいつかわたしの表情を見て「何か悪いこと考えてると口許でわかる」って言ってたことがあるので、わたしって、悲しいとき苦しいときは無表情なんだ

けど、怒ってるときは、普通にしてるつもりでも、ほんの僅か、口の端が硬直するらしい。そうやって表情をよく見る人には、怒りかどうかはわからなくても、何か、小さな異変がわかるのだろう。そしてわたしは、何でもないとか、もうごまかさず、

「ええ。ありがとう」

「あれ？　なぜありがとうなの？」

「わたしの表情よく見てくれたから」

母だってわたしの顔つきを気にしてくれることはめったにない。アルバイト先は親切不親切あれもこれもだけど、仕事中言われた通り、無表情のわたしの微妙な機嫌のよしあしに反応する人はいないし、仕事の場でそれはいらない。そうすると、高校行かなくなって以来、友達のいないわたしは、どっちかと言えばこちらが気遣う必要の多い（とわたしは感じている）母のほかには、いちいち「どうしたの？」って言ってくれる人、いなかったんだ、と今も改めて教えられた。

このときブレンドコーヒーとカプチーノとケーキふたつが運ばれてきたので、少しだけ間をあけて、ちょっと鏡みたいに二人、カップに口をあてた。カップを置いてわたしは言った。

「さっき思い出したことがあって」と、口許硬直の理由として、汚れた奴のことでない話を少しだけ伝えようと思う。それは本当の理由ではないけれど、それより話してみたいことだから。そしてアサミさんに伝えるわたしの表情の翳りの理由に一番よく似合うことだから。多賀津のことは言いたくないから。

「どんな？」

と聞き返してくれたのでパスポートをもらったつもりで答えた。

「中学校のとき、校舎の屋上で空を見ていたらなんかとても心細くなったこと」

それは青い石、空の青さ、という連想から。それと夕食のときに母の言った言葉への内心での回答のつもりで。でもわたしには空は懐かしくない。何度も思い出したくなるいい記憶というのでもない。

だけどわたしも、母の子で、母とは思い入れが違うけど、小さい頃から空をよく見上げる子だった。なぜか、見てしまう。そしてあんまり見上げすぎてこっちが下か上かよくわからなくなる感じが好きで、そういうとき、自分が落ちてしまいそうで怖いという言葉もどこかで聞いたことがあるけど、わたしは怖いとは思わない。そうやって望む空の青は厭な気の汚れを払うとも思う。でもあるとき、ひどく一人だった。それがとてもこたえた。つらいと思った。

もともと孤独は嫌いでない。人と過不足のないやりとりがなかなかできなくて、相手がいるととても緊張して平気でいられなくて、それが煩わしくて友達のいなかったわたしは、一人で好きにしていられるよう、昼休みや放課後、雨の日以外はよく屋上に出ていた。

校舎は四階建てで、わたしの通っていた中学はわりあい平和で問題になるような事故もなくて、それでか、管理が甘かった。四階の端の奥まった所に物置らしい小さい部屋があって入り口に「立ち入り禁止」と書いてあったが、その扉には鍵がかかってなくて中に入ろうと思えば入れた。小部屋に入ってみるといつから置いてあるのかわからない埃まみれの用具類と段ボール箱の山で遮《さえぎ》られて、知らなければその向こうに屋上への上がり口があるとはわからない。奥に階段と鉄扉があって、そっちの扉も施錠されていなかったが、鍵の上の方に楕円形の突起をひねってかける補助キーがついていた。あるとき、この突起をまわして縦長の状態にすると扉が開くのをわたしは知った。それ以来、ときどき人に見られないよう、そっと忍んで行って、鉄扉を開けては屋上へ出た。

屋上では高いフェンス越しに大きな鉄塔がいくつか見えた。そこは誰も来ない、広々とした平面だけがあって、いつも空が真向かいだった。ぼんやり見上げていると時間が経った。

ある日の放課後、くっきりした青い空を少し長く眺めていて、そろそろ暮れかけたので帰ろうとすると、階段に続く降り口の扉が開かなかった。ノブは回るが、補助キーがかかっていた。これでは帰れないことがわかって、ただ一人だけ携帯電話の番号を教え合っていたクラスメイトに電話して、屋上へ上がるところの扉を内から開けてくれるよう頼んだ。そうするとその子は笑いながら「ふうん、朝までいれば」と答えて切った。その後は再度かけても不通になった。鍵をかけたのはその子だった。

携帯電話の電池はまだあったから、学校の事務室へ電話すれば誰かが開けてくれただろう。それが駄目なら家に電話すれば母がどうにかしてくれただろうけれど、そういう解決方法がとても嫌だった。ここがわたしの隠れ場所で、トイレの個室とかでなく、ひろびろと開かれていてしかも誰にも気づかれない所で、それが快適で、なのに、こんなことで事件になってしまうともうここの扉の無施錠状態が知られてしまうだろう。勝手に上がれなくなってしまう。わたしが一番楽にいられる場所がなくなる、そんなことばかり考えて、扉のことをどうにか内緒のままにしたかった。

それで、わたしはその日の夕方から次の日の朝まで、屋上にいようと決めた。

母には友人の家に泊めてもらうと携帯電話で伝えた。わたしを閉じ込めた子の名は言いたくなかったので、ほとんど付き合いはないけど今までわたしに嫌な態度は一度もとらなかった子の名前を出してその子の家に何人かで泊まることにしたと言った。わたしが何人かと、なんてよく考えればありえないのに、母はすぐ信じた。その頃の母は、そろそろ鬱病がひどくなり始めていて、何をするにも気もそぞろだったのが幸いした。

暮れ始めると早い空の色合いの変化が最初面白かった。薄暗くなって街に灯りのつく頃も青い薄明があって、それは、もうこれっきり、と言っているような気がした。

その頃からほつほつと星が見え始めた。半月くらいだった上弦の月は、暗くなるとよく見えたけど夜半には沈んでいった。少しずつ温度が下がって、風が気になったが、屋上の中央部に出っ張った四角い小屋のような出入り口の壁に寄りかかって座っていればあまり寒くはなかった。空は星を増やしていった。

夏過ぎてすぐの寒くない時期で、雨も降らず、晴れて快適だったからできたことだ。夜九時以後はかなり冷えだしたが、限界だと思えばいつでも携帯電話で誰かに助けを求めることができる、最悪、警察に連絡もできる、そうすれば大切なものは失うが飢えたりこごえたりはしない、という僅かな余裕があった。そのつもりだったけど、それでもやっぱり世界中から見捨てられている気持ちで長い夜を過ごした。コンクリートの表面に塗装した灰色のゴムのような質感の床に直に寝て、起きると真夜中で、着ている物が湿っていて、そのとき初めて少し泣いた。体のあちこちが痛かった。かなり空腹になっていた。喉も渇いている。まだ朝が遠いことに絶望した。やっぱりどこかへ電話しようかと思ったが、このとき何か意地になって、修行のつもりであと数時間、ここにいよう、と決めた。どうしても尿意が強まってきたので、起き上がり、端の方で排尿した。とても情けなかった。中央へ戻り、壁を背にして、昼と違って赤いまがまがしい警告灯をいくつも灯した鉄塔の影を数えているうちにまた眠り、眼が醒めたら後ろの方から朝日がさしていた。

七時くらいになった頃、また例の子に電話したら今度は出たので、「朝までいたよ。今すぐ補助鍵開けたら誰にも言わないけど、こなかったら警察に電話する」と言ったら、まさか一晩過ごしたとは思ってなかったらしくて、しばらくするとちょっと不気味そうな顔で開けに来た。

自分は相手に輪をかけてひどい顔をしていただろうし、それを見られたのは悔しかったが、このときからその子は二度とそんな嫌がらせをしなくなったのでまずはよかった。下りると急いで水道水をがぶがぶ飲んで、トイレへ行って、購買部でパンを買って食べて、その日は普通に登校してきたような顔で過ごした。昼休みに雑巾を持って屋上へ出て、汚したところをよく拭いた。帰ってから熱が出たので次の日は休んだ。

いじめには違いない。許しはしない。以来、その子とは口もきかなくなった。でもその種の嫌がらせにしてはまだゆるい方だ。焼却炉に閉じ込められて焼け死んだ、っていう女の子の話を聞いたことがあるけど、わたしは命までは脅かされていない。そして今思えばだが、自分からは動かないで行なった一夜の冒険、のような気もする。今ここで死んでも誰も知らないなと思うのが少し悲しかった。よく耐えた、わたし、と言いたい心もある。

扉の鍵をかけた子は、本人もいじめられることが多かったので誰にも言わず、それで公にもならず、クラスの皆がわたしの災難を知っておかしがるということもなかった。何より幸いなことにわたしの屋上での一夜は犯人以外には知れなかったので、屋上扉の管理の悪さはその後も保持された。

それからは補助キーの横棒の嵌《は》まる穴にボトルコーヒーのアルミキャップをふたつほど潰して詰めてひねりが回らないようにした。こうやって屋上へ出てその後も時間があれば空を見上げていたけれど、でもあのときほど空に近くいたと思える経験はない。

自分で決めてやったことならよい経験なのだろう、でも、いじめの被害として一晩夜空の下で寝たということがわたしの心を翳らせる。

なので、アサミさんには、あるとき中学の校舎の屋上に忍び込んで、一晩、空を見ていた、と、チョコレートケーキ食べながらそんなふうにゆるゆる話した。星のことや夕暮れのところは記憶のままに細かく話した。それはうわつらだけ、いいえ、蒸留された記憶、と言いたい。でもそれが信じていた友人からひどい裏切りを受けた結果だというところは隠した。そして、ただ空を見ていたら心細くなった、世界にただひとりで、なんか吸い込まれそうで、と言った。これがさっきのわたしの顔つきの理由、ということにして、そういう俗流「繊細」そうな自分を見せたかった。

「空に吸われし十五の心、かな」

とアサミさんが言った。

「なにそれ」

「石川啄木の短歌。下の句のとこ」

教養ないな、自分。萩原朔太郎の詩ならけっこう知ってるつもりだけど、石川啄木の有名な歌も知らない。知識がいびつだ。それはもともとわたしが教養豊かな育ちでなくて、たまたま手にあったものだけを摑んでいる貧民なせいだ。アサミさんはきっと育ちがいい。教科書にも出てる啄木の歌知ってるからって、特に育ちがいいとは限らないけど、こんなときにふと短歌の一節が言えるってことはその背景に豊かな文化的経験と会話が十分あって、本もたくさん読んでいて、そういう時間を使えるということはなんにも不自由がなくて、きっといい家なんだ。

真っ黒のケーキの最後のひとかけらを口にしたあと、たくさんの泡を乗せたコーヒーを含んで、ゆっくり苦味を味わった。わたしはこの店が好きだけど、価格高めなのでいつも入るわけではない。ちょっとよそ行きの気分のとき使う。だから今日は似合いだ。でも、偽の告白を軽く体裁よく語り終えて、気を緩めたせいか、あまり似合わない言葉を、つい口にしてしまった。

「本当に心が空に吸われてしまったらよかった」

「あ、それ、従姉妹もおんなじこと言ってた」とアサミさんが言った。

「え、どんな人？」

わたしには珍しい問いかけだ。わたしは他人のことをほとんど尋ねない。面倒だから。でも、今、わたしは会話を続けたかった。それで訊いた。

アサミさんは少し横向いてから、

「八歳年上。頭よくて綺麗だった。二年前死んだ」

しまった、と思って慌てて、

「ごめんなさい」

「いいよ、従姉妹は、ミレイさんとは似てなかったけど、でもなんかちょっと近い感じあるかな」

「どこが」

アサミさんは少し微笑んで、

「心ここにない感じ」

美人で愛想のよい従姉妹は皆から慕われていた、大学で知り合った背の高い、声のいい男性と卒業後、結婚して、幸せそうだった、でも、自分と会って話していると、ふと、何か別のものを見ているようなときがあった。そんな話をアサミさんは、わたしよりは手短な言い方で告げた。それまでの緩やかな口調とは違っていた。

従姉妹の名は告げられなかったので訊かなかった。容姿も学歴も性格も、富を一身に集めたような恵まれた女性が、どうしてわたしみたいな隅っこ歩く女と似た態度を取るのか、不思議なので、ここは尋ねたかった。

「そんな素敵な人がどうして挙動不審なの?」
「わからない。いつかね、従姉妹が言った、わたしは満ち足りているけど、不要なものがひとつある、それは自分の心、だって」
そしてある日、何かに呼ばれるようにしてふっと死んでしまったと言った。急に、倒れたま
ま、動かなくなった。信じられないことだけど、原因はわからない、って。それ本当? なん
か、ここのところは、わたしが言わずに隠したことがあるのと同じに、アサミさんも、何か言
いたくないことがあったのかと思った。きっとアサミさんにとってはとても残念な何か。たぶ
ん死因は自殺だったのだろう。でも、さっきまでただの通行人だったわたしが、それ以上追及
できない。そして、わたしの受け取った言葉はこれだけだ。
「従姉妹はきっとそのとき、心を捨てに行くべきところがわかったんだと思う、だから生きる
こともやめた、人は本当に生きる執着がなくなったとき、何もしなくても死ぬ。そう思うこと
にしてる」
心を捨てに行くべきところ、という言葉がとても眩しく聞こえた。いきなり遠い雪山の白銀
が見えたようだ。それは冷たくて痛い。眼を焼きそうだ。
そのことをわたしは、今感じたのか、ずっと以前からなのか、これも今だから知ったつもり
の、錯覚かも知れない、きっとそう、でも、今、わかる、何かに呼ばれるようにして消えてし
まうことを、それだけをわたしもこれまでずっと望んでいた。望んでいたはずだ。心を捨てる。
心を捨ててしまうことはとても清潔で、自分が漂白されるようだ。このとき身体も動きを止め

る。いないこと、いないことの尊さ。

そしてまたこうも教えられたのだ、人はどれほど豊かで満ち足りていても、自分を無用と思うことがあるし、そういう人は貧しさつらさとは関係なしにいつかこの世界から消えてしまう、そういうことがありうるのだと。

ふと顔をあげた、つい俯いていたのだった、他を見ず、アサミさんの言葉だけを手にしたくて、でもそれはろくに聞いてもいないような姿勢に見えただろうか、違う、違います。

そのとき呼び出し音が鳴ったので、アサミさんはスマートフォンを取り出しながら立って、手洗いのある方へ行った。わたしが残りのコーヒーを飲み終えた頃、戻ってきて、

「今日はありがとう。ここは払っておくね」

と言ってすぐ会計を終えた。一緒に店を出たら、アサミさんは「ここでね」と言って去った。先を急ぐ様子だった。

あまり慌ただしくて、連絡先も聞きそこねた。ぐずなわたしはとっさに尋ねることができなかった。そしてそのことをわたしは後で何万回も悔やんだ。

帰宅すると母は行きと同じようにテーブルの前に座っていた。

「おかえりなさい」と言われたので「ただいま」と答えて自室に籠った。

何が起こったわけでもない日だったけれども、この日はわたしの一生の中でも特別の日になった。以来わたしには、これでよい、という言葉がない。違う、そうでない、と言いたい気持ちだけがある。

わたしは、オレンジ色の、わたしとは全然違う世界にいる豊かで綺麗な人の言葉のかけらをすべて思い出したい。それはきっと奇蹟だったのだ、その証拠に、わたしは、あんなに憧れたアサミさんの顔を、思い出せない。

毎日、アサミさんならこんなふうに起きて、こんな化粧して、こんなふうに微笑んで、と考えたいけれど、手がかりがないので、ただわたしとは違う、和やかで不足のない世界の人、明るみの側にいる人、と思うだけだ。今ではオレンジの印象以外、わたしの手元には何も残っていない。でも、わたしが一番憶えておくべき言葉は残してくれた。心を捨てに行くべきところ。ただ消えること。本当に生きる必要がなくなれば人は不意に死んでしまうこと。それはきっとアサミさんが、わたしの知らない何かの都合のために言った嘘、オレンジ色の明るい楽しい親しげな世界に似合わないから言い出した嘘に違いないけれど、でも全部嘘だとしても、信じたい。それはわたしのためにこそある嘘だから。わたしのためにアサミさんが用意してくれた真っ白な嘘だから。

高校に通っていたとき、音楽の授業で教わった、古い時代の合唱曲をネットで探して、アヴィーユと交互に聴くようになった。バロック時代初め、イタリアの、アレグリという作曲家が作曲したという「ミゼレーレ」という曲だ。「わたしを雪よりも白くしてください」という歌詞がある。バチカンで長らく門外不出の秘密の曲だったけれども、モーツァルトが耳で聞いた記憶だけで全部楽譜におこして、それで知られた、とそんなことも音楽の教師から聞いた。これを知ったことが高校へ行ってよかったただひとつのことと今は思う。

サイドテーブルに置いた水晶とラピスラズリを見つめることが増えた。わたしは文系鉱物マニアだから。「どこか」「どこかへ」そんなことばかり考える時間も増えた。

一週間くらい経って、また手首を切った。それはこれまでと違って、いつかわたしをこの世から追い払うための儀式になった。身に傷を刻み、少しずつ血を流す代わり、少しずつ自分が薄まることを願った。やり方は以前と変わらない。そして、きっと以前も深いところでは同じことを望んでいたに違いない。それが言葉にできるようになっただけだ。なら、より似つかわしい決め事を増やして、儀式らしい様式を整えよう。

左手の下に置くタオルは毎回新しく、真っ白で、無垢でなければならない。アヴィーユの夜の言葉も好きだけれど、そのとき最初に耳にする音楽は「ミゼレーレ」にしよう。メスはほんの僅かに身を切るだけでよい。傷は小さくてよい、でも血の滴りは自然に止まるまで抑えてはならない。左手から赤い液体が滴る間、わたしは、行き場のない身体に罰を与えているつもりで祈る。減ること、薄まることを、いつかここを去るため。

ブログには、ある日、とても特別な人に出会ったこと、そこで教わった秘密、この世界の外へ行くための方法を、そのよくわからない難しい過程を、毎日少しずつ、思いつくごとに書き足しながら、繰り返し、記した。

なぜか相談事めいたレスがつくようになった。それで、遥かなどこかをめざして、とか、石のように生きよう、とか、真っ白な言葉で事実の忌まわしさを覆い尽くしてしまいましょう、とか、そんなふうにいい加減に答えていると、そのうち、「お教えください」的な尋ね方をされるようになり、いつからか、先生みたいに言われるようになった。なんだろう、わたしは、ただの愚かなリストカッターの心病む娘です、人に教えることなんかない。

なんてわかってないんだろう、わたしは、違います、わたしは、行くべきところへ行けない、無教養な貧しい、無価値な者です。ブログにそう書いても、読む人たちはまた一層、敬意を差し出してくるばかりだった。わたしは、でも、わたしは、違うのに。

違うのに。何もかも違うのに。と思いながら、その日もわたしはＰＣを閉じた。

02

正四面体の華

よく晴れた夏の日、遠く海を望む古い洋館のヴェランダで、柔らかい南風に吹かれながら、

「おじさんは綺麗なものを全部見てしまった。だから死ぬんだよ」

と語った人は著名な作家で、そのしばらく後に自殺した。

こんな話をある雑誌の記事で読んだと告げる人がいた。

誰が書いた記事だったか聞いていない。

伝えた人によれば、執筆者は女性で、親が芸術家であったことから幼女の頃、その作家と親しかった。海の見えるおうちで、よくそこへ来るおじさんだった、と記していた。

やや古めかしい耽美主義者で、自殺したことでも知られるその作家の名であれば嘘でもなさそうに思われたので、一度だけ、当時、信を置いていた岩間《いわま》という友人に話してみたことがある。すると彼は、

「人間がいなければ自然は破壊されず保たれる、みたいな話だな」と言った。

「そうか」と答えたまま問い返さなかったので今も彼の意図は知れない。

これだけである。大学の頃だった。以来誰からも同じ話は聞かず、真偽を確かめたこともない。

だが二十幾年もたって、次の言葉を聞いた。

「わたしは満ち足りているけれど、不要なものがひとつある。それは自分の心」

このとき、先の二つの言葉が速やかに想起されるとともに、これらの意味するところが正三角形の頂点をなしていると気づいた。自殺した作家の言葉とその話を聞いた友人の言葉と、今、耳にした言葉とが、三つ揃ってようやく気づかされる問いを差し出しながら同じ距離をとって支え合う関係に見えたのだ。

すると、支え合うというなら何をか、と考えは及び、さらに空間上にあるもう一点が導かれてきた。

偶々《たまたま》与えられた正三角形を底面とする正四面体が予想され、想像上の頂点こそむしろ底面三点の関係を保証していると知れば、以後第四点を顧《かえり》みずに三つの問いを考えることができない。だがそれは曖昧な予感としてあるばかりで、一つ高い次元から発せられるため「人間には計り知れない」と宗教者が説く神の言葉に似る。

一方、人の談話はと言えば、これはこれで、語られた順序のまま書き起こすと分かりにくく、また主題が不明瞭になることが多い。話者の思いつくままの言葉を追うと往々にして中心から逸《そ》れた付言の部分が長くなる。慣れない人では語る順序も不備になる。当人には必然の事実も、前提を説明してからでないと一般に通じないということに、話している間は気づかない人も多い。

そこで語られた内容を構成し直し、無駄を削り、必要な説明を補い、場合によっては手短に言い換え、求められるスペースに合う字数で書き直す、自分のようなライターが必要となる。

『黎明《れいめい》』という月刊誌でこの仕事を始めて三年になった。

北園明雄《きたぞのあきお》という歌人が毎月、文学もしくは芸術に関して、話題の作家あるいは各界の著名アーティストと対談するという連載で、昨年、ちょうど二十四回目までが一冊分にまとまって刊行されたが、連載は継続している。北園はエッセイストとしても人気があり、初対面の相手との対談がうまい。

四か月前、ここに藤井順《ふじいじゆん》という今期芥川賞受賞の若い作家を招いた。

話は北園がよくテーマにする、文学的視点と日常生活上の意識との落差、それを認めた上での芸術表現の意味といったものだったが、そのうち互いの無名時代の回想に話が及んで、藤井が、

「でも無名とか有名とか言っても百年後千年後にどう見られるかはわかんないし、自分としては今、発表場所が確保できていればそれでいいわけなんだけど」

と言うと、北園が尋ねた。

「生前は誰にも知られなくて、死んでから大作家と言われるってことあるでしょう。これどう思います?」

「全然嬉しくない。死んでから評価されるならそれはそれでいいけど、問題は生きてる間にどれだけ充実して書けるかで、自分としては自作への反応や評価も知りたい」

ここまでは大抵の作家にとって当然の回答なのだが、藤井は続けてこうも言った。

「でも俺という作家にとって小説を書くことは必要だけど、書かれた小説にとってこの俺って

作家は必要ないですね」

「それは？」

「こんな言葉を聞いたことがあります。『わたしは満ち足りているけれど、不要なものがひとつある。それは自分の心』。そんな関係」

その後もとどこおりなく対談は続いたが、ここからはほとんど記憶にない。自分の内心にいきなり正三角形の問いが出現してしまったからだ。

聞き落としや思い違いはよくあるので、対談は常に複数録音しているし、編集の人による補助的メモもある。後でそれらを確認しながら構成すればよいだけなので、このときも仕事としては問題ない対談録を作った。

だがその日後半は気もそぞろだった。

対談終了後、藤井に、さきほどの「不要なものは自分の心」というのは誰のどこでの発言か尋ね、

「あるウェブサイトで見たんですが、『ゆきみかどとも』っていう人の言葉だそうです」

「そのサイト、教えていただけますか」

という会話があって、帰宅途中、スマートフォンで、藤井の教えてくれた「ふふすすむる」というブログを見ると、二〇一五年十一月二十一日の記録として、何の説明もなく、
わたしは満ち足りているけれど、不要なものがひとつある。それは自分の心。　　雪御門　智

とだけあった。どこかからの引用らしい。

「ゆきみかどとも」という名の漢字表記がこれでわかったのでネット検索してみると、さいぜんのブログ以外にはもう一つだけ「eLLecUBe」という、読書記録を記した個人のブログに『零度の記憶』という小説の作者としてその名が出ていることがわかった。だがそれも「未読の数々」という項の中に「幻の作家の作品らしい」として挙げられ、「私も読んだことはない」とあるだけだった。

他に雪御門について記したサイトはなかった。帰宅後改めてＰＣで検索し直しても、アマゾンで確かめても雪御門という作家の著書は表示されない。小説『零度の記憶』もヒットしなかった。国会図書館のデータにも見当たらない。

ところが、とある古本市の会場で再びその名に出逢った。対談で聞いてから三か月後のことだ。

著者が東郷真譲《とうごうしんじょう》という立派な名前で黒い箱入りの、『雪御門智の記憶』という本を見かけた。驚き、どれも売価が安いらしい書目の並ぶ棚から引き抜き、箱から出して目次を確かめると、雪御門智と『零度の記憶』に関する評論であるらしいことが分かった。

裏表紙見返しに貼られた紙片にある二百円という古書価格からは考えられないほどの豪華な造本で、字はゆったり組んで百二十ページほどの薄さだが、本体は天金、表紙は臙脂《えんじ》の布に黒背革継替え、背文字は銀の箔押しである。箱も漆黒だがつやのある特殊な紙を用いた堅牢な塗箱で、よく見ると細かい浮き模様がある。

既に正四面体の形をとり始めていた問題群が改めて脳内いっぱいに広がり、すぐさま本文ページを開くと、

雪御門智は一九七〇年神奈川県で生。一九八八年に死去。

翌八九年、遺族の手によって小説『零度の記憶』が私家版として刊行された。著書はこれ一冊だが、一九九五年、たまたま評論家向塚《むこうづか》喬洋《たかひろ》の目に止まり、文芸誌『ひかり』同年五月号に向塚の解説を付して再録された。再評価が始まるかと思われたが以後注目する書き手は出ず、向塚も再び言及することなく現在に至る。

一説に再録掲載直後、ある人から「今回掲載された『零度の記憶』には、そのモデルとされた人の名誉を傷つける部分がある」という抗議が届いたという。『ひかり』編集部では話し合いの結果、作者が故人であり真意を質《ただ》せないこと、また雪御門側の遺族への配慮から、抗議の件は公にせず、その代わり『零度の記憶』は二度と公刊せず言及対象ともしないことを取り決め、相手の了承を得たという。そのさい向塚は抗議に対し、名誉棄損にはあたらないという考えであったが、編集部からの強い要請によって以後、口を閉ざしたとされる。

右の件は筆者が、とある編集者から伝え聞いたことで、記録としての証明はできない。また抗議したという人が誰かも知ることはできなかった。

このように始まって、以降、小説『零度の記憶』の概要が続く。奥付によれば二〇一四年三月、横溢《おういつ》社刊。知らない版元だ。いったん閉じ、箱に納めると、他書を漁《あさ》ることもほどほどに、レジへ向かい、買い求めて会場を出た。

帰路、まだ昼中で空《す》いていた電車の席に座って続きを読んだ。

『零度の記憶』は女性が主人公で、幼いころ親しかった少年との未だ性愛的でない奇妙な、しかし深い関係をいつまでも忘れられない。彼女は成人し、結婚してからも、何か「ここにいられない」心地に勝てず、ある日、自殺してしまう、とあらすじの説明にあった。

作品末尾近くからの引用によって、「わたしは満ち足りているけれど、不要なものがひとつある。それは自分の心」とは、深予《みよ》というその女性の言い残した言葉であるとわかった。

結婚相手の滋仁《しげひと》は大変心優しく賢く容姿にも優れ、裕福で社会的な地位もある上、心から深予を愛しているのだが、なぜか深予は幼いころの一期間だけを共にした少年、彰直《あきなお》ほどは心向けられないでいる。

深予は滋仁の、人として優れているところ、彼から深く愛されていることもよく認めているし彼との性愛的な喜びも厭わないのだが、一人になると決まって、幼時の、「何か輝かしいような忌まわしいような記憶が襲うように来る」。

ただそれだけのことと考えるようにしていたが、あるとき、彰直が数年前に亡くなっていたと聞かされる。このときから深予は、自分の本当に大切なものは彰直との記憶しかないと思い詰め始める。

「なぜかわかりません。わたしにとってぎりぎりの生《せい》の記憶が彰直とのなにげないやりとりだったと言うしかできない」

だがその関係がどんなものだったかは引用されていない。概要の説明にもなかった。

最後近く、滋仁が交通事故で重傷を負い、意識不明となる。生死をも危ぶまれたが、深予が病室を訪れると滋仁は奇蹟のように意識を取り戻した。

その二日後、深予は薬物によって自殺した。

作者の雪御門は女性で、十八歳のとき列車事故で亡くなっている。

雪御門は非常に美しく、また賢く、才高く、その死を惜しむ人は多かったと伝えられる。

だが遺族の意向でこれ以上の詳細な情報は示せないとあった。

文学作品の意味は決して作者の生涯から照らし出すべきものではないのだから、以下は作者に関する記録ではなく、飽くまでも残された『零度の記憶』についての言及のみとすると筆者東郷は記し、『零度の記憶』論が続いていた。時間の意識の仕方は個々で全く異なる、という見解を前提とするその論証は精緻なものだったが、私が求めている問いの在り処とは異なる方向の思索に思えた。

しかも、核心であるところの深予の決定的な記憶そのものに関しては梗概《こうがい》同様、抽象的にしか語られない。

では実際に『零度の記憶』を読んでみようと思い、近くの図書館へ出向き閉架から『ひかり』誌一九九五年五月号を取り出してもらうと、目次にその題名の記載がない。

五月号というのが東郷による誤記かと思い、同誌の四月号・六月号を閲覧したがそこにもない。さらに前年から九六年までの『ひかり』をすべて確かめたがどこにも雪御門の小説は掲載されていない。

それは東郷の記述が虚偽であることを示していた。

では雪御門智という夭折作家もそのただ一作の小説『零度の記憶』もすべて東郷によるフェイクだったのか。私はこのとき、もう身が軋《きし》むほど無念であった。

だが、雑誌掲載というのが捏造《でつぞう》であっても、雪御門の『零度の記憶』が実際にあるということも、いや、あってほしい。そう思うなら、今は東郷真譲という著者に会うことが望まれる。

嘘であるとしても、どうしてこういう奇妙な、考えようによれば虚しい嘘を書きつけたのか訊きたい。

『雪御門智の記憶』に著者東郷紹介の記載はなかった。

ウェブ検索その他すべて試みたが、東郷真譲という批評家の名は出てこない。これも異常なことで、現に刊行された著書があり、しかもそれは四年前に出たばかりなのに全くどこにも記録がない。

事情はわからない。だが、奥付にあった横溢社というのが手掛かりになる。所在地も明記されていた。電話番号は書かれていないが、都内、ところがこれまたネット検索に出ない。

が、不審がるよりも、求めるところに従うならまずすべき行ないは横溢社の所在地という場所に行ってみることである。

六月半ば過ぎて梅雨も中期に入りつつある頃、止む果てのなさそうなしつこい雨の降りようだった。だが九階にある自室の窓からうかがう限り、白く霞む遠い景色は軟らかく、心をも包もうほど懐かしげに見える。部屋に籠《こも》り、ときおり外の夢幻を眺めながら締め切りの迫った雑仕事をこなすに相応《ふさわ》しいと思えるが、湧き来るものは止められない。

均質継続のあまり激しくないのが要注意で、このような雨はとりわけ浸透性が強く、知らない間に荷も服も中までしっとりと濡れてしまう。いやそのうち身の内をも侵食されて常通う道を誤り、気づけば知らない川辺にいる、自分の名も忘れている。よく好むそんな想像も、今は手放しにできないで、意志高く『雪御門智の記憶』をビニール袋に入れ、完全ではないが防水傾向のある鞄に突っ込むと、最も大きい傘をさして出た。

中方線多岐《たき》が谷《や》駅南口で降りて、時期にも似ない、身の端々に這いよるような冷えに萎えながらバス・ターミナルを越し、「多岐が谷アーケード街」に入ると、天水を遮《さえぎ》る高い屋根がありがたい。傘を閉じ、したたる滴《しずく》を落とすようとんとんとんと数回、先を地に叩き当て、左右に視線を揺らしながら歩くと、この駅前はやや馴染みのある所なので、まだ一度も入ったことはないが見知っている菓子屋や居酒屋、電気屋、靴屋、喫茶、等と、それらが今の空に足りない色彩と現実感とを醸《かも》している。

こうした店の仲間に横溢社とやらがあると言われれば信じられそうな気で二区画くらい進むと、アーケードを横切る道路が十字路になっており、すぐ左手側の街燈の柱に表示が見えて、番地によれば目的はそちらにある。

左横の道路に出ると屋根はなくなり、再びばさりと傘を広げて脇に寄る。この先は初めて歩く道なのでまた少々迷う夢の記憶を辿りかけ、かと思えば建物と建物の隙間の暗闇、アスファルトの亀裂の間から足許に僅か生え出た緑のものが濡れた様などに気をとられとられ、歩を進めた。隙間が好きだったのだな、と今更気づいたが、ではそれはこれから向から問いにどんな角度で関係しているのだろう、六〇度、九〇度。そんな綺麗なものではあるまい。生体の示す数値は仮に測れたとしても二一度とか一三七度とか、そんな半端な数でしかないに違いない。

だがふと、何かがやってきて告げた。

切りの良い数だけが美しいのではない。世に素数というものがある。一と自身の数以外に割ることのできない、二、三、五、七、一一、一三、一七、以下。そして一三七も素数なのだ。素数は美しいのか? 考えたこともない。だが、それを分割する数が他にないという、それ自体が割りようのない堅固無比な結晶のようなものと思えば、ひどく選ばれた数に思えてもくる。ほ、と傘を少しよけて顔をしみしみ濡らしながら、白く翳《かげ》る空を仰いで、いま心はどこにいたか。侵食されて束の間の離脱なのか、目的にも沿わない時間がいくらあったかと顧み、視線を水平に戻せば、また青い住所表示板が電柱に貼ってあって、数歩先がどうも、めざすところらしい。

左手、随分小ぢんまりした、鉄筋らしいが三階建て、正面の幅もせいぜい六メートル程度しかない灰色の四角いビルが、横溢社として指定された位置にあたる。

通りに面した側に「横溢社」の文字はなく、一階はなにやら凝ったものを置く様子の小物店で、その左脇に、成人男性の肩幅とあまり変わらないくらいの狭い階段の上り口が扉なしで開いている。壁を伝う階段だが屋根の下、屋内である。外壁と同じ灰色のタイルを張り付けた段がそこから上へ続いていた。

「ルビカユ」という小物店がそれとは思えないので、階段の方に足をかけた。左の壁に二つ、段違いになった小さい明り取りの穴があるので暗くはないが照明はない。一段から十五段、それぞれの段が心持ち高めだった。傾斜が急なのである。突き当たりの壁にガラス張りの窓が見えた。上りきると少しスペースがあって、右側に黒い鉄扉が閉まっている。周囲に何の表示もない。倉庫の入口のようにも見える。

階段は二階までしかなく、三階にはこの扉から入って内側を上がるものらしい。

無理とは思ったが、確認のつもりでレバー型の扉の把手《とって》を押し下げ、扉を引き開けようとしたが鍵がかかっている。インターフォンのカメラもブザーのボタンもないので扉を叩いた。鉄扉がどおんどおんと大きく響いた。一分は待ったが変化はない。もう一度叩いたが同じだった。

この奥の一室もしくはその一画に横溢社があるのだとしても、これでは接しようがない。

再び階段を下りた。

店先の傘立てに傘を置いて、小物店ルビカユに入ると、あれこれ上から下がり色合い豊かなものに囲まれた中央の狭いレジで店員と客とが古いホラー映画に関するらしい話を続けていた。馴れた客なのか、念の入ったやりとりが声高に聞こえてくる。

店は売り場が八畳分くらいで、さんざんものが置かれて入り組んだ通路は身を横にしないと何かにぶつかる。文具、スタンプとかカードとかには猫や兎、あるいは蛙をモチーフにした可愛らしいものが多く、かと思うと悪魔の頭を模したランプや、骸骨の置物や、蝙蝠《こうもり》、吸血鬼をデザインした、そんな怪奇物が、あるいはロックスピリット全開のチェーン、スパイク付きの手袋、重そうな銀の指輪、付け爪、十字架、またややポルノグラフィックな魔女のフィギュア、怪物のフィギュアなど、子供向けでない細部を怖々しく誇りながらいくつも並ぶ。奥に行ってみると占星術用の器具や書籍、天体図形、真鍮の小型望遠鏡、万華鏡、月星の模様の小物入れ、鉱物標本等々、そこにも可愛らしいものや絵は混じる。なんとなくひとつのパターンを示す世界だが、これをどう呼んでよいのかわからない。

思い切り無神経に「ある種の女性向け」とでも言うか。ひどく愛らしいものと怪奇なもの、スピリチュアルなものと科学的なものの両方を愛する嗜好による。

天体を模す装飾を施され、青銀色で平たい円形の缶を見つけて手に取り、蓋を開けると、中に缶の形と同じ丸い、太陽系八惑星の描かれたカードが二組十六枚入っていた。品名もわからず、仮に惑星カードと呼ぶ。使い方もわからないし、そもそも実用品とも思えないが、缶の美しさとカードの色使いが気に入って、価格を見ると千二百円という。ぎりぎりのうまい線で来たなと思いつつ、購入を決めた。

しばらく待つとようやく話は終わり、「じゃ、また」と客が去ったのを幸い、レジ前に歩み寄って缶入り惑星カードを渡し「何に使うんですか」と問うと、もじゃもじゃと髪のカールした細面《ほそおもて》に黒縁眼鏡の女性店員が、

「お好みに」

との答えである。千二百円を支払い、尋ねた。

「ここに横溢社という出版社があるそうですが、上の階ですか？」

すると店員は、やや顔を斜めにして、

「ああ、よく来るお客さんからね」

少し顔を近づけ、

「ここを出版社の所在地ってことにしてくださいい、って、言われて、事後承諾でした。横溢社っていうんですか？」

と逆に尋ねられた。続けて、

「社名なんかも聞いてなかったもので。もしなんか送られて来たら取っといてくださいって、いい加減でしょう、でも長い付き合いなので」

「その方の連絡先をお教え願えませんか。私はこういうものです」

と店員に名刺をわたした。が、刑事ならともかくライターという肩書きでは個人情報を明かしてもらえるとは思えず、案の定「それは」とやんわり断られそうだったので、

「次、その方がおいでのときにこの名刺をわたしていただけませんか。そしてよろしければここへご連絡ください、とお伝えください」

相手もそこまでなら妥協してよいと認めた様子だが、これで連絡がくるかどうかはかなり絶望的である。といってこの場ではほかにやりようがない。

出入りの編集部に見込みの薄い企画書をわたして待つのと同じに思えた。実現可能性に比して希望する度合いが強いほど待機の時間が苦痛となる。

待つ無念さの想像が始まると、その度が常の域を越えていて、これほど自分は雪御門智の件に執着していたと改めて知った。このときにはもう雪御門の『零度の記憶』、東郷真譲、というその具体的な名だけが強力な磁力を持っていて、自分は前後の事情に関係なくそれらに引寄せられているといった心地がする。虫のようだ。

世界には深刻で重大な件が無数にあるのに、こんな狭い、末端の事象にか、ああ、これも世界の隅、隙間への執着から、とようやく脈絡がついた気もしたが、それで何がわかるわけでもない。いや違う。これは決して、無視すべき軽い問題では、ない。ないのだ。

しのしの続く雨の中を、下向く心のまま駅前へ戻り、北口側に古本屋があったことを思い出し高架線路をくぐって向かうと、幸い、開いている。

思えば古本市から始まった。決まった会場で定期的に開かれる「思い出市場」というその古本市の命名のセンスにはかねてから辟易していたのだが、そこにこんな機縁があったのだから、趣味の良しあしでものを決めることは貧しい営みと思い知った。「思い出市場」の名の通俗を疎《うと》むあまり、本当に足を運ぶこともなければ書籍『雪御門智の記憶』に出会うこともなかった。

といって、それがこの後、探索不能で不可知のまま終わることもありうると考え出すとまたも焦《じ》れてくる。

店は中央の大きな書棚で二方に分割されていて、ガラスの引き戸の入口も二つあった。

右側は主に学術書、左側が文学書、とわかっていたから、ここでも店先にある傘立てに傘を置くと、左側のガラス戸を引いた。

この店は品揃えが自分向きである。それゆえに大抵は所持している。自分の書棚を見るような趣すらある。つまり残念である。新たに欲しい本はないか、と左上から右下へ視線を動かしつつ、かつてインタビューした、あまり有名でない中年の作家の言葉を思い出した。

「古本屋はいい。本当にいい。今売れている作家の本が中心でないから」

彼の言うには、必要があって新刊書店に行くたび、自分の著作が見当たらず、よく売れ人気のある作家の本が華やかに、あるいは通に評価の高い同時代作家の新刊書が手厚く大切に置かれているのを見ては情けなく思うのだそうである。だが古本屋では、新刊書はあまりない上、あっても店先のぞんざいな場所にしか置かれず、一方、過去の、自分にとって思い出深い名著たちは重要そうな奥の棚に収められているので、自著の有無など気にする必要もなく、馴染み深い過去の空気を呼吸し、今の屈託を忘れ心落ち着けてあれやこれや見て回れるのだと言う。

「過去は、安心できる。特に自分が作家のつもりで活動し始める以前の時代だとね。本は好きだが、今の自分がそこにかかわってくる場ではつらくなる。自分は現代文学に参加することがまるでできていないからだ。純粋に本好きでいられるのは過去の本についてだけだ」

決して直球でない、不純物が多い、徹底してもいないが、これも、あの正四面体的な問いに、いくらか近づく言葉ではなかっただろうか。

あ、グスタフ・ヤノーホの『カフカとの対話』、これはまだ持っていなかったな、と棚の一冊に手をのばしかけたとき、鞄の中のスマートフォンが音をたてた。

すぐ店先へ出て、僅かな屋根の差し出た下に立った。こういう古本屋では店内の携帯電話使用を嫌がる。

非通知だが、あるいは、という期待から、電話に出た。

「若林《わかばやし》 亨《あつし》さんですか」女性の声である。

「はい」

「ライターの」

「はい」

「今日もう一度ルビカユの二階においでになる気があればどうぞ。お話しできることはします」

「あなたは？」

「横溢社の社主です」

傘を手にするのももどかしく、直ちに向かった。フィルムを巻き戻すように道筋を辿り、ルビカユ二階へ再び階段を上がるが、同じ黒い扉に表示なしは変わらない。

今回こそと、ことさらよく響かせるよう鉄扉を叩いた。

またもスマートフォンが鳴る。出るとさいぜんと同じ声で、

「まず条件を言います。わたしから聞いたことはすべて記事にして公開してもかまわない。ただし、わたしの実名と容姿については一切書かないこと。約束できれば入室を許可します」

「わかりました。約束します。あなたの実名と容姿については書きません」

すぐ扉が開いた。

相手は「奥へ」と招き入れた。

十畳かそれより少し広いくらいの一室のすべての壁が書棚になっていた。水場やキッチンは別室にあるらしい。ここは事務室ということなのだろうが、見たところはほぼ書斎だった。

中央に広い机、その前に椅子、机の上にはノートPC、隣に何冊かの辞書・書籍類が積まれている。

窓がない。外から見たときも窓らしいものは見えなかった。昼光色の照明は大変明るい。図書館にいるような匂いが感じられた。

靴は脱がずそのまま上がるよう言われた。

書架の目につく所に数冊、『雪御門智の記憶』が見えた。

礼を言いながら、

「一階の店の方からはよくおいでになるお客さんとお聞きしましたが」

相手は言った。

「面倒なのでそういうことにしてあります。この建物はわたしの所有です」

さらに続けて、

「横溢社は『雪御門智の記憶』を刊行するためだけに使った社名です」

そして右側書棚の少し前に置かれた焦げ茶色のソファをさし、

「お座りください」

腰かけると相手はまた言った。

「東郷真譲はわたしの筆名です」

そして相手は、東郷は、机前の回転椅子を九〇度回してこちらへ向けると座って、また言った。

「お聞きになりたいと言うのは？」

「雪御門智という作家は実在するんですか」

「いません。わたしの創作です」

崖から突き落とされるほどの絶望があった。あったのだ、と、後から考える。

「どうして」

それ以上言えない。まだこのとき何かの期待の名残のようなものが首から上に漂っていたためかと思う。すぐに絶望しきれないからだ。絶望は、それとはっきりわかっていても、心の芯に届くには少し時間がかかる。一気には来ない。心はあまりに急な動きに耐えられない。

「どうしてと言われても」東郷は、不本意そうに言い、雪御門に関するすべてが嘘であったことの私の無念をまるでわかっていない。

「わたしは『零度の記憶』という架空の作品についての評論を書きたかっただけのことです」

「それはおかしい。評論書なら事実から読み取られる考察を書くことがその価値になるはずなのに、テクストが評者自身による虚偽だとなるとそこから評論としての実証的価値がすべて消失する」とそれからしばらく、評論の存在意義について語ったと思う。

だがそれは私が真に問いたかったことでないと、さんざん言い終えてから気づいた。重要でなくても何か熱をもって語らずにいられない、それがこのときの私の絶望感への、正確には激しい絶望の予感への、対処だったのだ。

聞き終えて東郷は言った。

「あなたは文学の世界の人ですね」

「ええ」

作家ではないし、常にそこに所属しているわけではないが、と言いそうになったが、問われているのは文学者たちの価値規範を共有しているのか否かという意味とわかったので身上の説明はやめた。

「文芸評論の価値って文学の世界で認められるってことですね」

「ええ」

「わたしは評論家になりたいと思ったことはないのです。評論の価値を認めてもらいたいとも思わない」

「ではなぜ」

「評論は書いた。でも目的が違う」

東郷は背もたれに背をあずけ、大きく息をつくように身をのばし、そして再び背を立て座り直すと、話し始めた。

「誰の言葉だったか、生きるとは、自分の物語を作ること」

続けた、ここに自分に必要な物語がある、それは、あるとき一度だけ、世界に触れた、それだけが本当の生であると伝えるものであってほしい。

「でもそれが実際の自分の人生と同じである必要はないし、全然別でかまわない」

必要な物語、自分にとってそれは「何か輝かしいような忌まわしいような記憶が襲うように来る」、あってしかるべき過去だ、その過去があるから生きられる、その過去があるから生きられない。そんな生の価値のただ一点があるという話。

「それを詳細な小説として語ることができればよかった。でも」

僅かの間が、少し芝居がかったような、そして、

「わたしには小説を書く能力がなかった」

最も大切な、輝かしいあるいは忌まわしい記憶というものが具体的にどんな経験なのか、それを語ることができない。憧れだけあって、何があったのか語れない。でも、そんな一点によってだけ生き死ぬ物語に強烈に惹かれる。自分がただその一点だけで生きているような、記憶、
それがあるのだという証明が欲しい。自分では書けない、だが書き残したい、形を残したい。

「那須与一《なすのよいち》の矢が命中する一瞬が、彼の全人生と同じ価値だったような、そんな物語」

『平家物語』に語られる源氏の武将・那須与一は屋島の戦で、源氏の侍の力を見せてみよと求められ、遥か遠くに掲げられた扇を見事射落として両軍の喝采を浴びる。実際にはともかく、記録ではそれが与一の最高の栄誉でありそれ以外の彼の人生はほぼ語られない。後に出家したと伝えられるのみで、それゆえ一層、合戦の中の一瞬だけが彼の生の意味だったように読まれ

る。東郷は、そんなふうに言葉を重ねた。

「わたしは昔から説明や解説がうまかった。感想文を書くと必ず入選した。作品を書くことより作品について書くことが好きだった」

描写ができない。だが説明は誰よりうまい。

「だから自分に必要な物語の説明を書いたのです」

問う。

「評論としてなら、一番心に沿う作家の小説を解釈しながら自分の望む何かを語るということではいけないんですか？」

「好む作家はいますが、わたしの一番求める小説を書いた人は誰もいない。これまでのところは」

四方、何段にもわたり並ぶ周囲の書目を見れば、そして東郷がそれらの大半を読んでいるのであれば、おそらく私よりも多くの文学作品を知っている。

「わたしが最も欲しい小説を誰も書いてくれない。自分が書ければよかった。それもできない。だから雪御門智という作家が書いたことにした。自分が書けないところは空白のままにしておいて、小説の説明だけできるように。そしてその批評を書いた。もとになる小説があるとしておけば、それについての説明はいくらでもできた。そのことが楽しくてならなかった」

「何の意味が、全部嘘でしょう、それは」

「フィクションです。それは小説も同じ」

少し息をついで、

「文学の世界にいる人はそこの住人たち同士の評価が目的になってるでしょう、それと読者からの支持と。わたしにそれはいらないのです。雪御門智という作家の小説があるかのように自分が振る舞うことさえできれば」

「ぼくもあってほしいと強く思いました。でも今、それは虚構と知って失望した」

「そうやってこそ憧れは生きのびる。憧れは、ないものに向けた期待です。わたしは成功した」

「それでいいんですか」

「よくはないです。でもわたしにはこれより他のことはできない」

東郷は、自分の両親が八年前に亡くなり、多大の遺産を相続したので、資金には困っていない、金銭的に不自由はないので、著述のプロをめざす必要もないと言った。名声も望まない。文学の世界で名を知られ活躍したいわけでもない。ただ、書物は愛する、自分の書いた本があったらよいと思ったと言った。

本来ならわざわざ世に出さなくてよいのかも知れない、書きたければ原稿としてあるいはデータとして置いておくだけでよいのかもしれない、だが、生来の読書好きで、物体としての自著を作り所持することの誘惑には勝てなかった。またそれは一冊、あるいは数冊ほどもこの部屋の書架にあるだけでよいはずだったが、このとき自分にも僅かに他者への期待が芽生えた。もしこの憧れを知って肯定してくれる人がいるなら受け取ってもらいたいと思い、五十冊だけ印刷して、ネットを通さず、格安で市場に流通させた。

「小説が書けるなら、一生懸命書いて、新人賞にでも応募してたでしょう。でもわたしには一番書きたいものが書けないとわかっていたので、次善のことをしてみたまでです」

東郷は、しばらく顔を上げて天井近くを見た。顔をもどし、正面から私を見据えた。

「嘘です。あなたみたいな文学業界の人の期待に合わせて話してみただけで、同じストーリーを違ったプロットで示すことはいくらでもできるし、でもそのとき、いつも僅かずつストーリーは損なわれる。考えていなかったような嘘が入り込んでしまう。できたら小説を書きたかったというのも嘘です。面倒だからそんなことしたくない。作家としてデビューして活動とかも全部面倒なのでしたくない。ただ誰かがちょうどわたしの望む物語を、細部まで書いてくれて、それをわたしが、一から十まで舐めるように限りなく語り直し、批評できれば、一番よかった。でもひとつひとつ愚直に具体的に語ることがどうしてもできないから要約を書いて代えたのです」

「それも嘘でしょう」

「ええどこかに言い過ぎ、相手に合わせての親切過ぎる言い換えがありますね。それを削ぎ落とせば本当かと言うと、でも厳密に消毒しすぎると自分の手も荒れる」

「すべて明確に言い切ろうとしたときの、最後まで言い切れないところに魂はある」

「それは誰の言葉ですか」

「ぼくの大学の頃の友人の言葉です。彼は『人間がいなければ自然は破壊されず保たれる』とも言った」

「背反するような言葉ですね」

「意図はわかりません。確かめないままもう十年前に彼は病気で死にました」

「まだお聞きになる気があるなら、もう一度言い直してみます。わたしは、わたしだけが望む、でもわたしには書けない物語があることを、この世界に刻み込んでおきたかった。わたしの憧れを、他者の心に焼き付けるため。それはわたし自身のエッセイとして書いてもよかったのに、別人の作品としたかった。『零度の記憶』の目指す何かは届く人には届くかも知れないと思った。それで要約して批評した本を自費で出版した。このあたりが今わたしの言える限界です」

「どうして別人の作品にしたかったのですか」

「そこをこれ以上言葉にする気はありません」

「失礼。以前、作品にとって、作者の自分は必要ない、と言った作家がいました。藤井順という芥川賞作家で」

「『ダウナー・デイズ』の作者ですね。読みました」

「こういうこと、考えたことないですか、なんか、確実な、普遍の、人の運命や心を超えた法則がある、あることはわかる、でもその法則そのものは生きる人間に把握できない」

「自分の生だけがすべてでないと思わせてくれる方法がそれなら賛成します」

「そうですね、自分が消え去る、消失点があって、そこから先に永遠のようなものがある」

「でも言葉にならない」

「ええ。言葉は、それを用いる主体がないと発することができない」

「では書き残された言葉は」

「ああそうか、藤井順の言うのはそれですね」

しばらく二人とも口を閉ざした。その理由は両者で異なる。異なるだろうと思う。ただこのとき、フランスの慣用句で言うところの「天使が通る」時間を字義どおりに感じた。今、異物が通り過ぎるような、その違和に耳を澄ませ目を瞠《みは》り、自分の言葉を失うとき、心ここにないと思うとき、ふと発話主体を離れた言葉ばかり宙に漂う様が思い描かれた。語り手のない言葉は空間に満ちている。それはときおり、人の意識の隙間に刺さり、不意に何かを指さして去る。我に返った人はそれを外から来た言葉と感じるが、じき、自分の心の奥に、もとからあったと思うようになる。それとともにあたりに満ちていた違和感は忘れられる。

「わたしは満ち足りているけれど、不要なものがひとつある。それは自分の心」

沈黙を破り、ゆっくりと口にした。

「この言葉は、どこから来たんですか」

やはり宙から湧いて出たのか、根拠などないと言われると思ったが、違った。

「ある人の言葉です。わたしの創ったものではない」

続けて、

「でも誰の言葉か知らない」

そこから数百の単語と間の空白とを受け取り、自分からもいくつか語を残し、礼を告げて出た。

その日からひと月かかって締め切りの迫ったレビュー、テープ起こし、解説記事を終わらせた。

間をおかず、東郷から始まる線を辿って、調べのつくところはすべて確認、必要な面談を数回こなし、連絡、承諾、これに一週間。

このため後藤正路《ごとうまさみち》というルポライターにいくつも尋ね事をした。仕事でよく頼り頼られる。関係は大切だ。とりわけ自分のような、「作家とは違うが著述業である」という立場にいると、自分のではなく他者の視線を知ることが常に求められた。互いの要所は取り合いにならないよう気遣いながら、しかしできるところまでは、情報を提供し合う、コメントもする。機会があれば宣伝し合う。その匙加減は条文化されたルールではないが、よく勘所《かんどころ》を得て振る舞うことが重要だ。

幸い、後藤は快く教えてくれた。

「城咲《しろさき》へ行け」

出発した七月二十五日には梅雨も終わっていて空が青かった。天の南には雲が固体のように積みあがって見えた。

私鉄柚合《ゆごう》線急行の車中、進むにつれ次第に緑の増えてゆく窓外《そうがい》の明るみを眺めつつ、東郷が、東郷真譲という筆名の女性が、要約した『零度の記憶』、要約だけあって本文のない小説、それの筋立てを改めて吟味した。

幼時の記憶に特別なものを見出す作家は少なくない。「童心主義」と呼ばれる児童文学上の理念が主張され新たな書法が見出された大正の頃、児童文学としてのそれでない「幼年回顧小説」もまた多く書かれた。最もよく知られるのは中勘助の『銀の匙』だろうか。気の弱い繊細な少年の、子供の頃でなければ感じ得なかっただろう経験を、できるだけ大人の視線に主導権を持たせず語るその言葉は、今も愛されている。

それは弱く心許なく怖いものばかり多かった頃の息遣いを誰にも思い起こさせるからである。だから幼稚で情けないエピソードであれば一層、共感を呼ぶ。

だが、幼時にすべてがあり、以後はそれだけが生の意味を支えるというような物語は他にあっただろうか。私は知らない。稲垣足穂のエッセイにそういった意味の発言があったように思うが、これも小説ではない。またそうした考え方というのは飽くまでも生活実感を離れた理念の、いわば戯れと思える。私の考える「実際の生」からはどうも無理に感じられる発想だ。人生はそんなに単純な奥行き薄いものでないと思う。一点だけですべて決まるという考え方は怠惰である。理想がひとつあるだけなら面倒でなくてよいのに、という、そういえば東郷本人も、小説を書かないのは何より面倒だからだと言った。

といって、小説は現実に沿って現実の重みを再現しなければならぬと決まったものではない。どう描いてもよいのだ。ただ一つの理念に従って書かれる、超絶的に軽く薄い世界もあってよい。

いいや、問題が逸れている。リアリティはこのさいどうでもよい。それより、ある輝かしいあるいは忌まわしい一点だけが人の生を支えるという発想と「わたしは満ち足りているが……」というあの言葉とが、連続したものと思えないところが気になる。

川だ。列車が川を渡る。とことんとことん、と規則的な揺れと音が眠気を誘う。

岩間。岩間希信《きしん》は三十六歳で死んだ。思い出す、彼が何気なくあの言葉を口にすることがなければ、今の自分が急行列車に乗って鉄橋を渡っていることもない。

意識の外、無為の空間に充満する天使のように、岩間はおりおり、私が考えたこともない何かを啓《ひら》いてくれる男だった。「すべて明確に言い切ろうとしたときの、最後まで言い切れないところに魂はある」もそれだ。

今また回想とともに改めて思う、意識無意識の全体を自然数としたなら、魂とは、その中、まばらに散らばる素数のようなものではないだろうか。素数は一と自身の数以外に約数を持たない。他の数によって割ることができない。

東郷の、躊躇《ためら》いつつ過誤と不備を認めつつも何か伝えることを選ぼうとする姿勢は、長らく忘れていたこの岩間の、もうひとつの言葉を思い起こさせた。これこそ生に、生の割り切れなさに寄り添った言葉と今の私には思えるが、だがそれはあまりに生に近すぎて、観念の幾何学立体を形作ることがない。

岩間は自身のあり方について、こうも言った。「若さというのはそのままバカさとしか思えない。老成してからが本当の人生だと思う」。何度も言った。こちらは理念や志ではなく、彼にとって生きることの手触りとして間違いのない実感だったのだろう、常に未熟の不手際を嫌い経験知の蓄積をこそ求めていた。だが、彼は、就職し結婚し、若さを少しだけ逃れたあたりで死んだ。癌だった。

彼は百三十歳を超えてまで長生きし、あらゆる未熟を免れた人生の達人となるはずだったのだ。だが何かがそれを許さなかった。そのため、岩間が真に望んだ人生は虚空の向こう側にだけある。

顔を上げると窓外の景色が少しだけ違う感じに見えた。瞬くほどの僅かの時間、眠っていたのだろうか。だが変わらず空は高く雲が動かない。

低い山が続いていた。尖った頭巾で頭を覆った僧の列のような木々が斜面にわんわんと連なり、緑の浄土にも地獄にも見えた。

山が途絶えると、遠くの方に指先でつまめるほどの濃い青が見えた。海だ。そう思うとともに、例の自殺した作家の横顔に触れた南風の上《かみ》にある波が、その色合いが感じられる気がした。

ふと口許を緩め、窓に向いていた顔の角度を改めたとき、隣に座っていたビジネスマンらしいダークスーツの青年の視線が自分の表情をとらえていたことに気付いた。

それと感じて、もう少しだけ左側に目をやったとき速やかに相手の視線は逸らされた。

一瞬、一人無防備に笑む表情を見られたことがひどく苦痛に思えた。少しだけだが何かが溢れ出ていたかと思うと、正体を知られたお化けのように無念で、そうした気分が厭で、またそうした気分にされたことが厭で、自己の不用意を呪った。

再び車窓に顔を寄せ、以後左を向くことはしなかった。隣の青年は二つ後の駅で降りたが、自分はそのまま城咲駅に着くまでむやむやと居心地悪くいた。降り立つと少し眩暈《めまい》がした。陽射しが強いからかと思ったが、空の青みが気を吸うのだと思い直した。蒸発する。気が、立ち上ってゆく、そして何をも忘れてゆく。そうなる前に歩みだし、駅前からタクシーに乗って、字瀉埜《あざそそぎの》の柚久里《ゆくり》神社へ、と行き先を伝えると、十分ほどで着いた。

瀉埜というからには大きな川のほとりか、海の近くかと思ったが違った。深い山を背に小さな神社があって、その一帯を瀉埜と言い、列車から垣間見た海からは数十キロもある位置である。見たところ目立つ大川もない。昔、よく洪水に見舞われたところを灌漑《かんがい》で固く守り、今は、といった様子にも見えなかった。

田舎なので番地では位置が特定できにくい。神社へと続く鳥居の斜め前にあった郵便局で尋ねると、県道沿いに西へ進んで、右側にある坂を下る、と教えてくれた。

今も大きく重なる雲を左手に見、山の方から蟬の声がたゆげに湧きあがる中、坂まで歩く間も歩幅は不規則になりがちだった。こんなところまで何をしに来ているのだという、誰かの叱責するような声が背後から届くような気がする。

でも行くよ、と振り返って答えたい気がする。

百メートルかそこら進んだところの右手には県道と直角方向に下る坂が確かにあり、低い位置に続いていていた。坂の両側には田が広がる。

下ってゆくと、行く先に見えてきたのは古そうな屋敷の手前にある低い植え込みと、それに囲まれた、丈はそう高くないが非常に幅広く庭一杯に枝葉を広げる樹木で、木の種類に詳しくない私にその名は言えないけれども、どうも奇妙なのはそれが雲に覆われるように灰色に霞《かす》んで見えることである。

葉は硬そうで、濃い緑にみっしりと繁っている様子だった。枝も逞《たくま》しく八方に広がる。だがそれらすべてに灰色の何かが付着していて、ところどころ陽射しに光る。どうもそれは植物自体のものではない。

目的の家は灰霞《はいがすみ》の樹を隔てた向こうに見えている。樹より高い所に覗く重そうな鈍色《にびいろ》の瓦屋根が二階建てらしい。樹で大半隠れているが広く大きい。

大きいが、周囲に建物がなく、田の中にぽつんと一軒だけである。

前庭となるところのほとんどが樹の枝の届く領域に占められていて、得体の知れないものに覆われた枝の下をくぐらないと目指す屋敷には辿り着けない。

何やら、こちこちと妙な音が聞こえてきた。どこかに時計でもあるのかと疑われたが、これまた樹の枝葉からだ。しかも音は葉群《はむら》の全体からする。ひとつひとつは微細らしいのだが、それが樹全体から何重にも重なるようにして、音の塊のように響いている。

さらに近寄って目をこらすと、ようやく事情が知れた。

白く長い毛の生えた、ごく小さい細かい、無数の毛虫が、樹の葉にたかっている。一箇所二箇所ではなく、樹のあらゆるところにいて、それが、少しずつ葉を齧っていた。葉を喰う音が、こちこちこちと聞こえるのである。樹を覆う霞は何千何万の毛虫の毛であった。それぞれは白いらしい毛虫の毛は多大に重なって灰色に見えるのだ。炎天の下にも、首の後ろが冷える気がした。

植え込みには入口が開いているが、とても樹の下に立つ気になれない。おそらくこの種の毛虫の毛には毒があり、刺されると炎症を起こす。上から僅かにも落ちてくる毛があればそれだけで相当なことになりそうである。

といって、引き返すという選択肢はない。それで、脇へ回ることにした。

植え込みに沿って左手側に行くと、通用口らしい木戸が見えたので、思わずほおと溜息をして、ここから失礼することとした。

屋敷は遠望した時よりも一層古く見え、乾いて木目の浮いた数十センチ四方の板を側面にいくつも貼り付けた造りで、それがいずれも黒い。

木戸は鍵のない、勝手に開けることのできるもので、木造りの小さな屋根の下、胸くらいの高さの戸を押して入るもようである。

「ごめんください。裏から失礼します」とできるだけ大きな声で呼ばわった。

じいーんと斜め背後、神社の方から蟬の声が聞こえるばかりの数十秒を待って、もう一度、

「失礼いたします、お約束いただいた若林でございます」

ともう一回り声量を上げて発した。

声は炎天に吸われてゆく。声は。どこまで響くのだろうかな。いつか天使らに拾われること

はないか、と自ら蒸発加減の気分で次のもう一声を用意していると、がらがらと裏の戸を開ける音がして、木戸の向こうから、大きなサングラスをかけ、髪を後ろで束ね、薄く白い長袖のワンピースを着た小柄な女性が歩いて来た。サングラスの黒が顔色の白を際立たせている。年齢は三十から四十の間くらいと見えた。

女性が木戸を引き、

「おいでください」

と招いた。沈んだアルトの、深さと幅を感じさせる声である。

「失礼します」と頭を下げ、先へ行く女性の後に続いた。草花はあっても樹木のない裏庭には端に土蔵があり、その脇から裏口へ導かれた。スリッパに履き替え、ひんやりとした回廊をわたって客間に通された。

灰色のソファが二方から低いテーブルを挟んでいる。一方へ腰かけるよう促され、女あるじは一旦奥へ下がった。見回すが、昔造りを改装したらしく、天井が高い。床に畳はなく板張りであった。それ以外は薄茶の化粧合板が四方張りめぐらされているばかりで、装飾といえるものがまるでない。戸棚も何もないかわり、壁際には段ボール箱がいくつも積まれている。

倉庫のような驚くべき無愛想で、広さは十畳くらいと見えた。南向きらしい窓には、嵩《かさ》のある重そうな黒い遮光カーテンが隙間なくかかっていて、照明はひどく暗い。

真ん中にソファ・テーブルがあるほかは濃い茶色をした床の余りが広く、そこを段ボール箱が占めて、それぞれに埃をかぶっている。

自分の座る斜め後ろの位置にエアコンがあって、涼しい。首の汗をぬぐった。居心地は悪くない。

強い外の陽光が届かない、夕暮れのような室内にいた。客間とはいえ、人を招くことはほとんどない様子に見えた。あるじがここを居とするのは母上の介護のためと聞いていた。

ごく僅かに、ものさびた香《こう》を焚くような匂いがあった。

湯呑《ゆのみ》を乗せた盆を手に、黒眼鏡を外した女性が出て来たので改めて立ち、深く礼をした。室内の明度の低さはこの人の眼の加減のためかと思った。

「どうぞ」と勧められ、「恐れ入ります」と言って茶を口にした。冷茶であった。

あるじは対面に座り、「ものを書いておられるのですか」と言うので、

「はい」とだけ答えると、

「静比《しずひ》は名のとおり、物静かな娘でした」

と、前置きなしに始めてくれた。

眼前にいる人、入江芙蓉《いりえふよう》は鹿賀《かが》静比の幼い頃の友人である。

『零度の記憶』の深予にはモデルがあり、かつてある雑誌の記事に報告されたSという女性の行動から考えついたと東郷は言った。記事の筆者であった後藤に確認するとSとは森生《もりお》静比、旧姓鹿賀であるという答えがあった。

静比は一九八五年に生まれ、二〇一二年に亡くなった。父・慶介《けいすけ》はその五年前に亡くなっている。母・丈代《たけよ》は健在で、六日前、面会したさいに入江芙蓉の名を聞いた。かつて後藤がこの

人に取材を申し込んでいたとも聞いた。

それですぐさま後藤に連絡先を聞き、入江氏宅への訪問の約束を得た。

「でもわたしとはよく話しました。二人だけのときは特に」

静比は小学校四年の春、隣に引っ越してきた芙蓉をとても好み、唯一の友として常に一緒に居たがった。以来、五年生となる前、芙蓉が家族とともに再び引っ越して他県へ去るまで、二人が他の子と過ごすことはほぼなかったという。

「お聞きになりたいのはわたしたちの遊戯のことでしょう？」

といきなり核心に入ったのは、初めて私に告げることでないからと見た。

「どうかお願いします」と伝えると、うつむき加減になっていた顔を上げ、それまでとやや違った表情で始めた。

「人のいない樹の陰や塀の裏に行っては、よく、二人だけで話しました」

二人きりでこっそりと話し込む。話はたわいない。その日学校であったことや家での些事《さじ》を互いに伝え合う。それだけだが、

「ただ、とても秘密らしかったのが好きでした」

そんな時間も、誰か他の少女らに見つかると終わってしまう。それで二人はいつも、人けのない隠れた場所を探すところから始めねばならなかった。

そのうち、たまたま見出したのだという、他人に見つからず、密かに囁き合う理想的な場所をだ。

「少し行った場所に、廃工場がありました」

当時、二人の家から子供の足で二十分ほどのところに、操業を停止して久しい工場があって、入口は閉められ鍵がかかっていたが、脇のスレートの壁にある破れ穴から容易《たやす》く侵入することができた。そこにはいくばくかの機材と共に大きな起重機が置かれたままになっており、赤く錆びた重い鎖が下がり、近寄ると石油臭い動力機械もあったが、薄暗い中、どれも厚く土埃が積もっていて、そして二人の他に誰も来ない場所であった。

「男の子たちが見つけて入ってこなかったのが奇蹟みたいでした」

二人は、学校から帰ると必ずそこへ行く習いとなった。言いつけどおり、夕刻には帰った。女子二人連れであるから咎められることもない。親たちは芙蓉と静比が近くの公園ででも遊んでいるのだろうと考えていた。

実際、とりたてて危ないことをしていたわけでもないし、他人に悪さをしていたのでもない。

だが、

「あるとき、わたしが前日、本で読んだ童話を話しましたら」

それは、最後に狼に食べられてしまう兎の話だった。

しばらく聞いていた静比がなにやら上気したような顔で、「わたしうさぎ」と言い出す。

そして、「フョウは狼ね」

「こうして、わたしたちは、」

物語を二人で演じるようになった。

「人のいない廃工場で、こっそりと」

兎と狼の話は何度も何度も繰り返された。

「静比はいつも食べられる役。わたしは静比を殺して、食べる役でした」

そのうち、芙蓉は家にある本から、できるだけ無残な物語を見つけてきて静比に教えるようになった。

芙蓉は必ず殺害者の、静比は被害者の役割をとった。

グリム童話でも、イソップ童話でも、古事記物語でも、少年少女お話文庫でもかまわなかった。芙蓉が伝える、できるだけ残酷なおはなしを、二人で、だがそれは芝居というより、ただ一場面の執拗な反復であった。

静比は常に獲物となり被害者となり、凶悪無残な芙蓉に引き裂かれ、生きたまま食われる。そのふりだけがいつまでも続いた。静比は、普段誰にも見せない表情で、世界で最も可哀想な者となって死ぬ様を見せた。

芙蓉は、静比の首に歯を立て、食いつく仕草に慣れた。

「これがわたしたちの秘密でした。誰にも言わない約束でした。六年前までは」

東郷は芙蓉とは会っていない。後藤の他にこれを聞いた者はいるだろうか。

「静比と知り合って一年後、わたしはまた引っ越すことになりました。父の仕事のためでした」

芙蓉が去るとともに二人の秘密の遊戯は終わった。

「静比がそのあと、誰か、ええ、パートナーを、見つけたかどうかは知りません」

「そういう相手はいなかったと聞きました」

「きっとそうでしょうね。わたしたちは不思議な相性をしていました。わたしもそれから後、遊戯の相手はいません」

「貴重でしたか？」

「貴重とかそうでないとかは言えません。言うことはできない。ただ、稀なことと思います。静比には食い殺される愛らしい小動物の才能が、私には無残に食い殺す獣の才能があったなんて、こんな偶然の出会いがなければ、一生知らなかったことでしょう」

聞きながら私には、たとえばその凌辱らしさの度を過ごそうとするあまり、芙蓉の手で裸に剝かれてしまう幼い静比が想像された。暗い廃工場で怯《おび》えつつ非情の獣や殺人鬼にいたぶられ殺されてゆく裸の少女の哀れで嬉しげな喘《あえ》ぎを耳にした。聞き手の内に、そのような妄念がひとりでに蠢《うごめ》いてゆくことを、このとき芙蓉は知っていると思った。そう仕向けているとさえ思った。芙蓉がこのことを話すのはこれが初めてでないからだ。

暗い室内にほの白く浮いて見える衣服とともに、芙蓉の表情は今また特別に思えた。芙蓉にとって、その稀な経験は二度と再現されることはないが、その輝かしい淫らさを他者に語り、恣《ほしいまま》な想像を誘う、それは今、大切な、儀式のようなものとなっているのではないかと思われた。「他者の心に焼き付けるため」。

むろん誰にでも話すのではない。私と後藤は、選ばれたのだ。なぜなら。

帰路、再び急行列車の車窓から外を眺めるうち、あるところに来て、山の始まる際《きわ》のすぐ脇に簡単な木造の小屋があるのが見えた。粗末だが緻密な瓦屋根でとても古い。小屋から手前には畑が広がっている。農作業用の道具置場か何かだろう、小屋の戸の奥にはしんみりとした暗がりが閉じ込められているだろう。闇の中、板壁の粗い木肌が触れられそうに思える。隙間に棲むものがいる。鼠も竈馬《かまどうま》も彼らの仲間だ。大きくて形もよく知れないいくつかの道具類の、合間に、それらはいる。

芙蓉から話を聞いた部屋の隅にも、段ボール箱の隙間に、暗がりに、人知れず棲む者たちがうずくまっていたように思い返された。このとき私は、自分が、芙蓉の語った暗がりに囚われていることを知った。

だが、私は六日前、静比の母から、こんなことを聞いていた。

「小学四年のとき、隣の部屋に大崎さんていう方が引っ越しておいでになって、芙蓉さんていうお嬢さんがいらっしゃいました。娘と芙蓉さんとは気が合って、芙蓉さんがよくうちに来て、夕方まで遊んでいかれました。娘にはそれまでお友達がいなかったので、芙蓉さんが来てくれればいつでも歓迎しました。後から聞いた話では、芙蓉さんのお父さんとお母さんはその頃」夫婦仲がよくなくて、しばらくすると離婚したという。一年後、芙蓉が母とともにマンションを去ったのはそのためという。入江は母の姓で、静比と会った頃は父の姓大崎であった。芙蓉の口ぶりでは田舎の一軒家同士のようだったが違う。都心のマンションの隣部屋だった。そして、芙蓉は静比の部屋に来ては遊んでいた。

一九九〇年代の都心である。廃工場は本当にあったのだろうか。わからない、なんとなく話が違っている。

また芙蓉の語ったことが事実であったとして、静比は、芙蓉との遊戯を終えた後、どうしていたのか、何を求めたか求めなかったのか、今では調べようがない。

芙蓉との時間が静比にとって、一生で最も大切なものであったのかどうかもわからない。

静比は二十三歳で結婚した。相手は若くして中規模の会社の経営者となった人だった。だが、しばらくすると、当時その業界で軒並みだった株価の暴落によって多額の借金を負うこととなった。

すると静比はその金を全額立て替えた。しかもその直後、死亡した。

夫が疑われたが、現在のところ、犯罪性は立証されていない。

この事件は五年前の二〇一三年二月、雑誌『社会思潮』に「現代の奇蹟」と題して報告された。誌の中核となる硬い論説の間に、やや軽い読み物として掲載されたもので、これが後藤の書いた記事である。そこで関係者は全て名を伏せられている。

以下は後藤による「現代の奇蹟」から。

「FXってやつあるでしょう、あれで一気に資金を作ってすぐ現金化したんです。一時的な通貨危機が起こったときでした。こういうときが逆にチャンスなのだと言って。それが二億円くらい。才能なのか運なのか知れないけど。とにかくそれで借金を返した。もうこれで逃げる必要もないし、残りの金で楽しく暮らそうと言っていたら」

次の朝、妻は部屋で死んでいたとM氏は語った。

「妻はアルコールが飲めなかった。全然分解できない体質でした。それをグラス一杯分飲んだ。四十度のブランデーを水もなしにです。すぐ昏倒したはずだ。そのとき救急車を呼べば助かっていたかもしれない。だがその日、わたしは借金を清算するため大阪本社にいた。帰ってくると部屋で妻が死んでいる。警察に調べられましたが、前日は確かに会社にいたし、その日、妻はわざわざ自分で小さい瓶入りのブランデーを買ってきていたこともわかった。自殺とされて終わりました」

無表情は問いを拒む印に思えた。だが訊かずにはいられない。

「なぜですか？」

「今もわからない。ともかく妻はわたしの救い主でした」

M氏はそれだけ言うと沈黙した。

この記事は読み物にしては綿密な取材がなされていて、そこで後藤が、M夫人「Sさん」こと静比の周辺を調べていくうち、幼いころ友人であったという芙蓉に行き当たった。

郷里の城咲に戻っていた芙蓉は、後藤から取材を請われ、幼少の頃の関係を語った。

記事では二人が過去に「とても大切な時間」を過ごした、とだけ記されている。だがそれが「Sさん」の死の遠因にあたるものなのかは不明、というより、記事でもそこに関係を示唆していない。何か秘密めいた行ないの多い女性だったという例証として芙蓉の、記事内では「F

さん」の抽象的な言葉を紹介しているに過ぎない。

だが、私が尋ねたとき、後藤は「芙蓉さんの話は聞いておくといい」と言った。

「相手によっては断られるらしいけど、俺が大丈夫だったからあんたもオッケーじゃないかな」とも言った。

なぜなら。後藤は続けた。

「興味本位に知りたがるだけの相手とは話さない。ただ、芙蓉さんはこの告白をどこかに記録してほしいと内心強く願っている。俺にも、秘密ですよ、と言いながら、記事に書くなとは言わなかった。俺の記事には話の内容を直接書けなかったから、他にもし、どこかに書き残す可能性のある人間が聞きにやって来たら、きっと話すだろう」

他者の心に焼き付けるため。だがそれはときに、当人の予期しない結果をもたらす。

後藤による記事「現代の奇蹟」は、東郷に『零度の記憶』というストーリーを与えた。『社会思潮』などという公論誌に載った記事を東郷がどうして知ったかと言えば、当時、文芸誌『黎明』に掲載された「文学的興味から読むドキュメント」というコラムでの紹介によるという。これはかつて、私が書いたものである。

そこまではわかった。だが、最も大切なことが残っている。

『零度の記憶』に記した言葉は、十数年前、どうしても手に入らなくて図書館で借りた本に挟まっていた紙片にあったものだ、と東郷は言い、抜き取り今も保管しているというそれを見せてくれた。

この世には不思議な能力を持つ人がいて、ありえないことを起こすことができる。でもそれがその人のためになることはない。奇蹟を起こす人はたいてい、しばらくすると無意味に死ぬ（イエス・キリストとか）。

そんなある人に会ったことがある。その人は言った。

「わたしは満ち足りているけれど、不要なものがひとつある。それは自分の心」

その人も、その後すぐ死んだ。

「この言葉を知ったとき、何か大切な星に触れたような気がした。後になって『現代の奇蹟』の記事を読むうち、わたしの星は何かの物語を求めていることを知った。でもわたしにはそれを十分に物語ることができなかった」

東郷は静比にも芙蓉にも会ったことがない。芙蓉については、名はもとより性別さえ知らなかった。調べようともしなかった。東郷にとっての問題は自己の憧憬《しょうけい》の度合いであったから、仮に芙蓉から話を聞いてもおそらく納得はしなかったに違いない。

不自然だろうか。それほど気になるのなら事実を確かめてくれればよいと、そう言う人もいるだろうけれども、私には東郷の、事実の確認では到底満ちることのない過剰な期待が少しだけわかる気がする。岩間ならそれを魂と呼ぶだろうことも。

東郷は、小説を書きたくて書けなかったのではない。そもそも、事実を装い、虚構をいかにも事実らしく語ってみせる小説という形式では示しえない物語を育《はぐく》んでいたのだ。

誰とも知れない人の残した紙片にある言葉を見、何かの核心に触れたと、そう感じた瞬間を東郷は「智《し》ることの華《はな》」と告げた。「しる」は「智る」、「はな」は「華」であると表記まで指定した。

そろそろ窓外から西日が顔を焼く。それが私の表面に塗布された何をも揮発《きはつ》させてしまうように思える。

こんな考えはどうだろうか、静比に関する「奇蹟」の記事も、紙片にあった言葉も、行先を示すだけの限定された実線のようなものと東郷には見えた。そこから東郷は、それぞれ無関係な二つの実線の、途切れの後を延長した、いわば破線の先に『零度の記憶』という架空の交点を見出した。

そこで私の思うには、破線が二本だけではその交わりも平面にある。これを立体として立ち上がらせるにはもう一本別の実線から導かれる破線が必要である。『零度の記憶』はあらすじだけとはいえ、私には、事実と同一平面上にある発想とは思えない。他の二本と三次元の空間上で交わる今一つの破線、そしてその方向を示す実線があるはずだ。

「どうして別人の作品にしたかったのですか」と私が問うと、東郷はこう言った。

「そこをこれ以上言葉にする気はありません」

言葉にならないあるいはしたくないところに、東郷のもう一本の破線がある。それが東郷の魂の向きでもあるだろう。他と分かち合えない素数のような、でありながら常に自らに反する何か。

声がきた。天使か、その彼か彼女か、物か者か、それが、言う。

「真理とは感染する病である」

外にはなだれ落ちるような夕焼けが始まっていた。車窓から、自分の眼の存在も忘れるほど空を見上げれば、無数の言葉たちが遊泳しているのがわかる。半透明の曲線が揺らぐ中、そのどれにも逆らいながらただ直線を示す数少ない言葉がある。

あの赤色が極まり、極まって、もはやそれを赤とも思えなくなるところに、正四面体の頂点はあるだろう。

あまりに遠く、たとえば仏教でいう恒河《ごうが》沙《しゃ》や那由他《なゆた》、無量大数《むりょうたいすう》などまで数えるほどの距離を隔てながら、なのにそれはふいと窓から手をのばせば触れることができそうに思われた。

03

ガール・イン・ザ・ダーク

辿り着く、辿り着く、と言いながら、リミ、リミ、起きないね、ハルに教えてあげて、その夢を、これから見る夢を、そう呼びかけるとリミの眠りがようやく浅い処まで浮いてきて、夢が始まる。

　わたしたちの通っていた小学校から西に少し歩いたところにある、小さい公園で、学校から帰る途中、いつも、わたしたち三人、遊んでいた、そこは、夕暮れがよく見える場所で、見かける人たちが薄暗い。

　中でも、憶えている、灰色のコートの背の高い、若くて表情のわからない、深い声の人がリミに手渡す、夕暮れ色の光を灯した瓶を、わたしは知っている。

　公園と呼ぶのもためらわれる狭い区画の端、砂場になった場所の奥、二方を倉庫のような建物の窓のない壁に塞《ふさ》がれた角に、チャコールグレーのコートを来た背の高い人がいる。組立式のテーブルに更紗か何か黄色い布をかけ、五つ六つの瓶を置いた後ろに立っていた。

　背の高い人が何も言わず両手をひろげて、御覧、と示すと、リミはひとつひとつ瓶の中を上から覗いてゆく。側面から見ていてはよくわからないのだが、中にはひとつずつ、丸い形の赤い光が、光が玉となって入っている。

　リミが「これ」と指さす首のやや細い瓶を、背の高い人は長い指につまんで渡した。

リミは瓶を両手で持って家まで帰る。熱くないが冷たくもない。瓶の中は記憶のように赤い。いつか走っていた。ふるふると震えて見える家並みの中、背の高い人がこのあたりに来るのは何度目か、何度見かけたか、数えてみたがもともと憶えがないとわかった。初めてでないと思ったのはなぜだろう。誰に似ていたか。

リミは大切そうに瓶を両手で抱えて、そっと、そっと、持って家に帰ろうとするのだけれども、わたしは知っている、リミはつまずいて転び、瓶を割ってしまう。

道路に散った破片とともに赤い光は消えてゆく。

この記憶をリミにあげよう。夢には夢の言語として、瓶の中の記憶がほんのり灯る頃、リミの夢の中から浮いて出た、小さな泡が、意識の水面でぴちっとはじける音に、ハルの記憶が応じるだろう。

公園とは名ばかりの場所を出て、ハルは、よそよそしく垂直の、高い建物の谷間を通り、暮れた中では暗灰色のざらざらが闇に侵食されたように見えるブロック塀の続く先、少し上り坂になって、一方に置き捨てられた二輪車の朽ちた色を横目にしつつ、右手へ曲がり、よほど進むと、数メートルの影がいきなり立ちあがっていて、それは樹木とわかる。ひしひしと組み合うような枝が合間に気の早い闇夜を潜ませて待っている。

樹は幅広の葉を表に下げているが、内側に灰色がかった樹皮の包む枝が、老人の組んだ手指のように見える。

そこでハルは気づく、この先にある、工場跡が、わたしたちの秘密の場所であったこと。

以前工場だった廃屋の脇の、昼も薄暗い、大きな樹の繁る一画に死体が埋めてあるという噂と、それを見に行って帰ってこなかった子供の噂を知っている？

女の子たちの間でだけ囁かれていたから、埋められた死体をそっと見た記憶、ねえハル、リミ、欲しい？　尋ねると、欲しいと言う。

ので教えてあげた、まだ十歳にもならない女の子が、全裸で埋められている場所を、どうやって殺されたか、それは知らない。

小学校一年か二年のときかと思うが、一人、行方の知れなくなった子が出た。今も見つかっていない。当初から近くの、暗い、人の来ない処に埋められていると言われ続けていた。

だが噂が検証されることなく噂のまま、白い壁紙の裏から広がりいつか不穏な色となって浮き上がる黴《かび》の滲みのように、常の日々、皆のかわす、さりげない会話の陰にこびりついている、その源が工場脇の、大きな樹の繁る、雑草の生《お》う薄暗い場所だった。

そこにきっと背の高い灰色の人が待っている。

ハルの夢はそこで終わる。

リミの夢が続きを語る。

夕暮れになるといつも三人で、潜んでいた。まだその頃は未整理な区域が多く、何か建設予定とは聞くものの、一向に整備も準備もされない広い空き地があって、その西の端にかつて何かの工場だった建物があった。赤茶色を最初に思い出すのは錆に違いない。屋根も柱も壁も窓も赤茶色で、床板はなく、土剝き出しの上にあった建物の内側一面に錆が、粉となって染みとなって濃淡を見せていた。大きな重い、暗くて惨《むご》たらしい機械の、八方から繋ぎとめた鎖の揺れる、今も轟音のこだまを響かすような、いずれも鉄で古く、酸化鉄の華が降りしきる茶色の粉の行方の、知らないままに付着してどこもそこも。

暗がりにも油性の香る、舐めれば血の味のするだろう起重機の横たわる、大きな歯車のある鉄の輪を両側に持ちベルトを巻く動力機の座る、重い砂のような何かの詰められた麻袋の積み上がる、物陰になにがいてもわかりはしない。

それでわたしたちは、そっと隠れていた。誰かが子供を狩ると知ってから、それを告げたところで誰も信じないので頼る者もなく、わたしたちは。

手を見せて、と言えば二人とも、右手の甲に黄色い花のような痣《あざ》がある。わたしには左手の甲にある。花のような模様は数えれば十六枚の花弁を持つ薔薇のようで、でも、いびつで、花なのか破れた布の表現なのか、いつからあるのかと問えば、ハルもリミも、昨夜《ゆうべ》から、というのでわたしは、そうそれならよかった、きっとまだ気づかれていないから、と気安めである、それは気安めである、あれらは、これと決めた子供たちを見逃さない、そうは思いながら、自分など、もう三日前からだ、ルリちゃんは殺されたのかな。

奪われる可哀想な子供たちの死体があちらにもこちらにも埋まっている。怯《おび》える子たちの言葉のない慄《ふる》えが慄えが、呼吸するたび気づかれる、大気の顫《ふる》えが、ゆらゆらとふるえが、知るだろう、二人とも、追われることの意味を、わたしは告げるだろう。

瑞々《みずみず》と微笑む幼女の汚れていない臓器は求められるだろう。彼方の豊かな国の皺に埋もれた金持ちたちの寿命を延ばすために、髄から得る体液や、細胞の、生々しい初々しい部品として薬品として、使われる、その資のために、暗がりで待つ大きな力の強い影たちが、行方を知らせずどこへ去ったか知られない幼い人たちを、その身を解いて人でなくすためにいる。待っている。

ここにいれば見つからない。わたしがそう言うと二人とも信じた。嘘を言うつもりも騙すつもりもなく、僅かな時間にせよ、隠れていられると感じたからそう告げた。赤茶色い暗がりで話した。わたしたちはいつも闇の中にいる少女だった。

ルリちゃんは。

ルリちゃんはいなくなってから十日経つけれども、まだ見つからない。

ルリちゃんは殺されたのかな。

かさ、という音にわたしは怯える。背後からか、天井からか、見ていはしないか、それをたしは見たことがないが、見られたことがある。

わたしを見たそれは見出した印として左手に花の模様を刻印した。ハルもリミも、ほらもう

見られているから、逃げていないと捕まってしまうよ。

ハルの夢がふと大きくかぶりを振るように答えた、違う。

わたしたちは、生きて、生きのびて、二人とも大人になり、中学にも高校にも大学にも行く。

それぞれにパートナーを見出してそれぞれに愛し合う。

そしてある日の朝、長い夢から醒めてふと思い出すかもしれないね、少女だった頃、荒れ果

てた廃屋の中で三人、いつも怖い話を語り合っていたことを。

それならもう一度、三人の遊び場だった小さい公園に行ってみようかな、あそこはいつも怖い夢の始まりに出てくる場所だったね、と。

きっとあなたたち、一度は、恐れを断つための言葉を聞いた。わたしたちが生きのびるための金色の鍵を、逃れる手立てを。

人のいない暗い工場の跡に佇《たたず》む記憶がいくたびも呼び寄せられては、思い出される周囲は薄れ、しかし、耳にした物語ばかりに細部が書き加えられた。再現されては、見た筈もないわたしの話に陰影が明暗が増した。

わたしの話、と言うが本当は違う。もとはリミが夢に見たという、夜の街に迷う幼女の行方で、リミが一度こっそりと、わたしとハルにだけ、まるで恥部を覗かせるような慄《おのの》きとためらいとで口ごもりながら告げたことに始まる。

薄暮れからやがて半月のかかる夜、知らない街中に立つ五歳か六歳くらいの幼女である自分が、小さな、公園とは名ばかりの場所にいると、見知らない皺深い、痩せた老婆が寄ってきて、攫《さら》われるから逃げよと言う。

「はぐれたお兄さんを探しなさい。間違ってはいけない。お兄さんをみつけなさい」と言う。

頬のこけた細い顔の下、暗緑と灰色との、幾重にも重ねて着た衣服が、小さい身を横に広げていて、身体と思えるものもほとんどが衣服で、芯にあるのはほんの針金ほどではないかと思われた。半ば白い両眼は見えているようには思えず、かさかさと乾いた風のような声で、危ないよ、と囁くときだけ開かれる、絞った巾着のような口の奥には行方知れずの闇が顔を出した。従い、目の前の小さい砂場を離れ、行く先もわからないまま、深夜の人通りのない住宅街をゆく。そんな夢だったとリミが告げるので、老婆に言われて逃げる途中、どこかから細い女の声がしなかったかとわたしが尋ねると、聞こえたと言う。

どんなと訊きつのれば、こんな、こんな、何度も、いいえ、間違え、と躓《つまず》き言いなおしながら、こんなこんなと懸命にメロディーを伝えようとして、して、そしてどうにか聞き取れたが三人とも知らない曲だった。けれども仮にもし、よほど経った後、成人したリミがまだ憶えているのなら、以後学び聞き知ったことから、それは古い受難曲にある一節に近いとわかるだろう。

月下に聞こえたとリミが言うアリアは月に向いて立つ高い建物の閉ざされた一室から届く。五十年前に閉ざされて以来、床から数センチだけの小さな食物配給用の蓋を除き、一度も開かれたことのない扉の奥に、全身汚物にまみれながら生き続ける狂女が、月の夜、壁の高い位置にひとつだけある、掌も出ないほどの狭い窓を開いて空に向かい、歌う声が、あたりに届くと、それは可愛らしい少女の歌うように聞こえて、男たちにあらぬ幻を描かせた。

幼女のリミが耳にしたという細い声のアリアもそれだろう。数十も数百も、男たちにラプンツェルの類話を語らせた狂女の歌声は、月の夜、ゆっくりと降りてきては石畳に薄い埃の層を作る。

歩くだけで埃は靴に付着して、人々は翳《かげ》る燈火の下で結ばれなかった恋の記憶を辿るだろう。

　わたしは言った、女を狂わせたのは、古い時代ゆえの身分やしきたりによる、愛する人との別れだろう。あるいは相手の男性が、しきたりに負けたか心変わりしたか、きっと必ずと約した場所に現れず、以来二度と会うことなく、しかし女は棄てられたと認めず、待ち続け、時とともに待つこと以外のすべてが劣化して心そのものが剝落《はくらく》した。そうかも知れず違っているかも知れず、たとえ歌い続ける女に問うてもわからない。

　夜に響く、本当は聞こえない虚の歌声をリミは、序曲と名付けるだろう。始まりだ。ハル、夕暮れより後の時間は危ないよ、とわたしは教えた。見棄てられた工場で。

　ハル、気をつけて。

　ええ、リミ、あなたも危ない、そう告げたときから、何度も見た、リミは、無力な幼女となって、深夜逃げ迷う夢を、その慄きを、わたしは愛する、弱く小さい者の恐れを怯えを、忘れない。

　一歩二歩、街の端を進めば、気飾った男女、平服の男女、襤褸《らんる》の男女を、どれもやり過ごし、進めば、進むと、石畳の硬さが際立ち、進めば、けれども、幼女のリミは脚が短く歩くのが遅いから、意識の速さに追いつかず、リミ、あなたの意識は次第に先へ、幼女の身を離れてどこか遠くへ行ってしまうよ、留められず身に残される心はもう本当に幼女のものだけでしかない。それをわたしは貰おう。

　あなたの身には果実のように生き生きとした液体が満ちていて、あの大国の老人たちは欲しくてならない。黒い男たちが近寄ってきて捕《とら》え身を縛り、大きな麻袋に詰めて運ぶと、誰も知らない暗い汚れた場所で、腕を切り脚を切り、腹を裂いては内臓をことごとに分けてゆく。髄液を吸い取る。

危ないから早く、逃げて、その暗い夜の底から、捕まってしまってはもう兄に会えない、もうひとりの、一層弱く小さいリミ。

ハルが言う、そんなのは夢だから。

でもわたしは言う、夢だからこそ見えていないことを教えてくれる。

見えていないこととは、ハルとリミの夢にだけふと現れる翳りのようなもので、闇の底から来て、幼い頃知った怯えをその都度生々しく語り伝える言葉で、目覚めていてはわからない、微かな、僅かな、兆しです。

影のような男たちが音もなく近づくときは、金属のような味が舌先に感じられる。口の中に鉄や銅の酸化する味がする。鼻先に錆びた臭いがする。

幼女はおぼつかない足取りで、歩道のカーブに沿って、街燈の脇に影を揺らす並木をひとつひとつ、辿るように行く。

長らくブロック塀が続いたが、その左手に空きができて道があって、そこで左手側を見ると茶色い衣服の、背を丸めた小柄な、しかし五歳の娘には十分に大きく見える影がひっそりと立っていて、口をきく。

「信じればよい。疑いに囚われてはならない。信じればよい」

丸い顔は皺に満ちて髪は頭頂にゆくほど薄く、小さい眼の上に眉が下がり、体付きも丸いので恐ろしくはない。いくらか笑みながら突き出すような口付きで、穏やかな声で「信じればよい」以下何度も繰り返す。

左手曲がり道の端に立っているだけなので、通行を止められるわけでもなく、しかし左に曲がることはやめた。やり過ごし、正面に進もうとすると、いま背後となった小男から、それまでなかった言葉が発せられた。

「盗んだものは返しなさい」

意味するところに思い当たる節はないが、語調がただならない。そこばかり、小柄で柔和な小父《おじ》さんの言葉ではなかった。ただならなさは何気なく振り返るしぐさをかえって退け、首もとを硬くし、先だけ向いてひたすら足は急ぐ。行く先を知らないのに真っ直ぐ進むことだけめざした。

「盗んだものは返しなさい」

また聞こえた。

盗んだ憶えはないいし、咎め立てされる筋合いもない、幼いがそれくらいはわかるつもりでいるリミだった幼女は、今は月を失って俄《にわ》かに明度を低めた、星の少ない、上から押し塞いでくるような空の下で行く先も思いつかないまま、心の欠けうげた気がする。

ああ、きっとそれはこんな、とハルが言う、人に捕えられた後わざと野に放たれた鳥の、撃たれることを待つばかりの獲物のような、その心地を思い出す、という、ハルの夢。

ずっとずっと幼いころ何度も何度も、飽きもせずハルは、何度も想い見た、自らが可憐な白い小鳥で、運なくて罠に捕まり、人の手で羽を毟《むし》られ喰われてしまう、可哀想な小鳥の自分の記憶でもあった。さんざん追われ捕われ身を裂かれてしまう自分を思い出しているとき、そこにとても甘美なものがあったことを、悟られまいとして、そんなとき、いきなり人に声をかけられると、ハルは、ふつつかな下女が至らぬ行いを責められた時のような、思いきり恨みがましい目つきを見せた。話し相手遊び相手は驚いて、言葉は停止した。

捕えに来る影たちの迫るとき、そのとき、口の中に金属の味が満ち、四肢を動かすのも不自由に、逃れたい、ひたすらの望みばかりだ。ようやくの、ただひとかけらの自己は、忘れ去られて今は残りもないはずなのに、夢の中、幼女のあなたにはとても大切に思われる。

ようやくの、ただひとかけらの、肉はすかさず、百合の白さで軟らかく、棄てられてゆくのだからわたしに食わせよ。いいえ、どこに行けば迎えられるか、兄よ、わたしに兄のいたのであれば、背の高い、灰色のコートをはおって、その長い脚が届くなら、わたしの夕暮れはすっかりリミとハルにさしあげる。でも夜の真中の密かな死はわたしだけのものとして、幼女であるわたしは、あてもない。道端にある小さな排水溝の蓋の色が薄青くて心惹く。綺麗な、青。知る人の、最期の言葉は誰しも忘れないと思うだろうけれど、この眼に懐かしいブルーグレーの色合いを超えてまで記憶されることはない。思えてならない。ゆっくりと、あてもない、ただひとかけらの、わたしの意識が、いつかどこかで盗んできた誰かの。

大切な、記憶はあるか、ハル、あなたは逃げることができたのだね、でもわたしは、手に刻された印の示すまま、殺され身のことごとく暴かれ、そして残りは埋められた。工場の脇に、知って逃れることはできないから、知らないまま、幸運に逃れて生きるハルと、リミが、でもその夢の中には、幼女の見る深夜の建物とそこから響く歌声が、ただひとかけらの記憶になって残る。

またある曲がり角にくると、今度は誰も佇む者がなく、教え諭すわけでも咎め立てるわけでもなく、それで幼女は、よく先を見透かして左手の少し狭い道へと向かう。

あたかもリミが繰り返し見た夜の街を迷う幼女の夢のようだ。行く先がない。帰るところもない。兄は来てくれるのだろうか。

それで幼い娘は今も道を探すことができず、幾十の幾百の細い路地を通り、見上げる視線の先にある大きなドームのようなシルエットは古い給水塔だという、誰から聞いたのか、わからないが、それが何かは知っている。これまでに数人、壁を伝い上ろうとして落ちた。一人二人は死んでいる。白黒まだらの猫が横切る。そっと音もたてず、猫は知っているか、背後から来る影たちの消息を知っているか。思いもよらない方向から猫の鳴き声がした。

声のした方には、大きなアーチになった門に夥《おびただ》しい緑の、つやのある小さい葉が夜の中にも生き生きと見え、その細い枝茎には無数の棘が並んでいた。薔薇なのだろう、しかし、薔薇ならではの、一気に眼を奪う艶《えん》な花々がひとつも咲いておらず、繊細だが厳めしい微小な三角の棘の群れから立ち上がる虚の花弁が想像できるだけである。棘の枝の門を隔てて、白い板張りの家があった。住む人はいつも初夏の香りの中にいるに違いない。

アリアは聞こえない。声が止んでいた。

蝙蝠《こうもり》だろうか。ひらひら、蝶のような、視界を僅か遮《さえぎ》る。去って行った。道端に落ちている、白い、小さな、細い、骨か、動物の脚の骨か、清潔な、頬を撫でる風が快い。

幼女のあなたは、高い声でふんふんとハミングしながら、ふわふわしたスカートを翻《ひるがえ》し、両の肩に揺れる髪を意識して思う、可愛いだろうか、自分は。

可愛らしい少女はいつも可哀想に殺されますよ、そんなことを告げたのは誰だろうか、ええ、わたしだ。リミにも、ハルにも、生きながらえる醜い少女が醜い大人になって醜い老女になるまでを長く語ってあげた。

でもハル、あなたはあまり可愛げがないけれど、きっと十五を越えた後からは、みるみる男たちが気にし始める。彼らはそれまでの無視を恥じるだろう。

それとともにハルあなたは、言葉少なく、ことあるごとにかかわろうとしてくる他者の生臭い息づかいを厭う、ひどく不機嫌な、自ら考えるところを人にわからせる努力の極めて薄い、酷薄そうな表情をまとい始めるだろう、だが、それをも魅力と、読み違えてか見通してか、男たちは言い寄ってくるだろう。同じほどの年齢の男たちの言動の貧しさ変わらなさにほとほと飽き果てるだろう。

下心しかないけたたましく無礼で無様な恥ずかしい脂の多い。性別は気の遠くなるような嫌悪の向こうに隔たる。といって同年の少女たちの執拗なわわしさが好ましいとはとても思えない。

嫌いなものばかり増えるだろう。ひとつひとつ差し引いていって何か残るとしたら、それは人とも思えない灰色の誰かの冷たい指先の指し示す、硝子の中の赤い魂ではなかっただろうか。硝子瓶を操る指先は、知らない男性のそれで、男性ではあるが遥かに、遥かに遥かに隔たっているので安寧《あんねい》な、あなたが娶《めと》られることのゆめゆめありえない、不可能な、そのことが、決して未来の相手として知りえないことが救いである。

そんなハル、あなたにも愛する人は現れる。ただし男性ではないかも知れないね。

リミ、リミはきっと、素敵な男性と出合うね、とハルは言った、可愛らしい仕草がうまいリミ。いつか、華々しい結婚式に呼んでね、リミ、とハルが言った。

二人とも、いつまでかは知らないが、生きながらえる。わたしの語るような醜い女性としてではなく、何気ない生《せい》の日々が、どこまで続くか知らないが、果ての見えないあなたたちの、生の日々の。

ある初夏の朝、こころが支えきれないほど長く重く続いた夢に、過去の片鱗に触れたような気がして、二人は、不意に幼少時の頃、暮らした土地へ向かう。ほんの気まぐれに。

それは誰かの誘い、呼び声に応えて、もうほとんど忘れてしまったけれども、気も遠くなるほどの暗く重い、恐ろしい記憶の淵から来ると知って、その恐ろしい夢を伝えた誰かの誘い、呼び声に応えて。ほんの気まぐれに。

だが、思い出せない夢の中では今もあなたたちはわたしとともに逃げ続けている。

リミであった、ハルであった、幼女は、ひしひしと、一歩一歩、寄ってくる影たちに囲まれる。逃げるには、行く先を決めないことだ。意志が向かうところを影たちは追う。決めた先は危ないから、絶えず思いがけない路地を探さないとならない。

いきなり立ち上がる大きな木の枝に眼を瞠《みは》りなさい。猫の鳴き声の聞こえる方を目指しなさい。広い舗装道路の中央に立って右手を上げて行く先を示す人の、指し示す方向から三十五度くらい逸《そ》れた道を選びなさい。

恐れている限り、逃げられる。

攫われた子の手術は、十年前閉ざされ廃墟となった病院の一室で行われる。電源はないので、灯りは持ち込まれた僅かなものだけである。窓は全体閉ざされてカーテンがかかっている。だがカーテンは所々破れているので、少しだけ灯りが漏れる。

夜、廃墟の窓に、ある筈のない灯りを遠望した子供たちはあれが幽霊の仕業と噂する。

捕えられた子は、取りかえられることのない、黒く血で汚れたままのシーツのかかった鉄枠のあるベッドに両手両足を固定される。腕の静脈に針を刺され、針に続くチューブの先には点滴用の袋が下がって黄色い薬品が雫を落としている。頸部の後ろにも大きな針が刺さり固定されている。薬を入れるためでなく、体液を吸い取るためのもので、太いホースが床にあるポンプらしい機械に接続されている。簡易な電燈の赤い薄明るみの中に器具だけが光る。

施術者はまず子の喉を切って声帯を取り去る。滴《したた》る血とともに、喉の孔《あな》からひゅうひゅうと風が通る。手際よく出血を最小限に、だがこのとき腕の静脈に送られている薬品の中に麻酔は含まれない。苦痛によって分泌されるホルモンを採取するためである。繋がれた手足ががくがくと震え、しばらく経つと動きが弱まる。大きな声は発せないが、まだ舌と顎がある、血止めに気遣いながらそれを片端から切開していって、下顎全体を取り外す。大きな動脈はひとつひとつ結紮《けっさつ》されている。

叫ぶことのなくなった子の腹がはだけられ、メスで注意深く縦に裂かれていって、何層もの皮膚と脂肪と膜と筋肉とを幾度にも分けて切り、内臓には傷をつけないよう、最後まで死なせないよう気遣いながら、ゴム手袋をはめた手でそっと、ひとつずつ抜き取ってゆく。とりわけ肝臓と膵臓《すいぞう》には注意が要る。そして到達する、小さい卵巣と子宮を、ゆっくりと、接合部分を切り削りながら取り去る。外部に突起した睾丸と陰茎ならばそれほどの配慮は必要ないことだろう。飛び出たものを持つ子が来た時はまず女の子にしてから解体される。

攫いに来る翼、という言葉は、これも三人で顔を寄せ合っていたときにハルが言い出したことだっただろうか、夜の高みから、一直線に降りてきて、子の体を摑み取り、拉《らっ》し去る黒い翼の話だった。蝙蝠のようだと思う、見たことはないけど、とハルは言った。

けれども案外、白い天使のような翼なのかも知れないねとわたしは言うのだった。みかけではわからない。大きな黒い影と思っているけれど、綺麗な優しそうな女の人が迎えに来るのかも知れないよ。

廃病院は白い四階建ての、建て増しの幾つか不規則な建物で、よく見れば壁には罅《ひび》と修理の跡の多い、主要な棟は二十年あるいは三十年も前に建てられたのだろう、大きな地震のさいには危うかろうと思われる。鉄柵をめぐらした敷地の端々に高低の桜の木が並んで、でこでこと突起と節の多い幹と枝を立ち上がらせ、花の季節でないので緑の葉群《はむら》が豊かに覆う奥に、身を詰屈《きっくつ》とさせてそれらを支える黒々した者たちがいるように見えた。

それはハルの夢にあったことだ。何年か何十年か後、病院の建物は取り壊しもされないで残り、それとともに周囲も次第に住居が減り、遂に無人となった荒野に廃病院だけ崩れかけながらある様子だった。そこでは今も、夜、棄てられたまま残っている器具を用いて秘密の手術が行われる。

今も追われている。リミとともにハルも忘れない。一度得てしまった無力な子羊の感触は、生涯消えることはないだろう。生きることは逃げることであるだろう。

公園とは名ばかりの小さな広場の脇には砂場、その奥、二方をコンクリートの壁に塞がれてゆるい角度の角になったところには僅かな草木に囲まれて小さいベンチがある。

薄青く塗られた木の板が少し高い位置に渡してあるだけの簡単なものだ。古びても綺麗なその青色をわたしは今も愛する。

今年、二十四歳となったハルとリミは、今朝、ともに長い眠りを経て目醒め、ともにある理由からふとかつての場所に立ち戻って来た。今、ベンチの手前で顔を合わせ、あ、と気づいたのだった。二人はやがて並んで座るだろう。

ハルが、リミと知って、いくらか微笑んだ。リミも笑みを返した。

それからともに相手の記憶を掌に載せるように見つめるだろう。言葉をかわすことはしない。だが二人とも、はっきりと思い出している。小学校四年の頃、なぜだか不思議な誘いから工場跡の廃屋に隠れて恐ろしい何かに追われる話を聞いたこと。

それは誰が教えてくれたのかな。

ハルとリミはどちらも、そのとき見た聞いたと思う、もう一人の少女について、尋ねようか確かめようか、躊躇《ためら》っている。ルリちゃんは、死んだのかな。

でもやはり二人とも、口をきくことはせず、微笑んで、公園を去った。

ベンチの青色が今も美しい。

辿り着いたね、とわたしは言う。

04

精《しょう》霊《りょう》の語《ご》彙《い》

何もかもが逆立つ一瞬がある。

そう教えてくれたのは叔母だったか、祖母だったか、暗い部屋に暗い顔で口許だけが動く、夕陽が射し込んで部屋の隅のどこか一角が光る。

子供だったのでその気分をやるせないとかいたたまれないとか切迫したとか表現することができず、漏れそうな尿を我慢しているような感じとでも言う他なかった。

「死んで待つと言われたが」

という言葉が、付き添うようにもうひとつだけ記憶されている。前後がわからない。何を伝授されたのか、そうだ伝授、と後で思い当たってそのように言う。

憶えてもいないのだから伝授も何も、とは思うが、祖母たちの言うそれは言葉で伝えられないものを伝えることであるというから、意識になくとも受け取っていないとは言えない。何を。

心飛ぶ、というのは別のおり、別の人から聞いた言い方で、この語の向きが受け取った何かに通じているとわかった。

陽盛《ひざか》りの埃臭い道中《みちなか》で、思い切ったようにかっと仰向き、いきなり突く陽射しに眼を閉じる何分の一秒かの間、ひとつの宇宙が生成し滅亡する、そんな確信を持つ、人の意識では測れないほどの間、心飛んでいる。逆立っている。一瞬の後は落ちるだけである。えもいわれない笑顔で果てしなく落ちてゆく。それが自分のこれまでの生《せい》だったと、嘘である。それは嘘なのだが、事実らしい本当より嘘らしく真実に近い。

朋比《ともひ》はきっと、そのように言いたかったのだ。

「後は頼んだね」

頼まれた。何を。朋比の言葉を。柴島《しじま》朋比は求められなかった人だ。

重いものが降りて来る。受け止めかねて瞑目《めいもく》する。すぐ眼を開けて薄く笑う。

「行ってしまった」

そんな言い方を何度かした。

「靴音が聞こえる」

と言うこともあった。来るのだと言う。だが速くない。先に時間がある。それで教える、俄《にわ》かを避けるために、予兆を催すのだと。

それが何であったか答えたこともないし尋ねたこともない。言えば間違う。間違うのではない。導いてしまう。言葉は水路のように一方向へ、来るものを向かわせる。けれども指定できない。思惑は通じない。どこへゆく。予《あらかじ》めはわからない。期待は外れる。だが残るものがあって、古来、残念とはそれを言った。

残念は人のあるところ充満している。ゆるやかに漂いながら、ひっかかりのありそうな意識にふと寄せられてゆく。

朋比の残念を受け取ったのだと、思うことにしている。頼まれた。

何を。

瑞枝《みずえ》はわたしより二歳年下だったが、朋比より落ち着いて見えた。朋比にない時間を身の内に持っていた。朋比の時間が垂直にどこまでも立ち上がりまた真っ直ぐ下に深く沈んでゆく時間なのであれば青戸《あおと》瑞枝の時間は均等に水平に一点からゆっくりと周囲の空間を領する横広がりの時間であった。

瑞枝が指さすとその先は他より明るく、遠くまでものの輪郭がくっきりして見えた。

と、そのように朋比は言った。

あの子は何もかも陽の下にあるように見る。それは傍《かたわ》らにいる人にもそのように見せる。瑞枝には天も地もない。

瑞枝はとりわけ泰浩《やすひろ》を見る。背の高い川路《かわじ》泰浩の顔を仰ぎ見る時だけ瑞枝の視線が水平を離れる。そこに端整な泰浩の頤《おとがい》が明白に世界を隔てている。

泰浩の夕暮れるような諦め混じりの優しさに瑞枝は惹かれるのだ、と朋比が言う。

瑞枝はきっと、視界の途切れる、端の、そこから先が見えないところに引寄せられるのだ、と朋比が言う。

真昼間のオフィスのガラス越しに遠いビル群が立ち上がる方角へと向けた瑞枝の視線の中下右斜め三十度くらいのところを横切ってみたよ、と朋比が報告した。

心飛ばしたのだと言う。

だが瑞枝はたまたま窓に向けていた顔をPCのディスプレイ画面に戻し、素知らぬ様子でキーを打ち続けた。見えたはずだ、視界の端の白い影を、それも既に驚きをもたらさないくらい、朋比、あなたは何度も瑞枝の周りをうかがっていたね。

最近、眼がよくない。ときどき視界が曇る。

瑞枝がそんなことを伝える相手はやはり泰浩だろうか。そのおりもまた朋比は心飛ばして彼らの親しげな会話を聞いているだろうか。

背もたれの大きな椅子に体を預《あず》けて休む朋比は身も心もひどく重たげで、大儀な仕事を終えた後の様子なのは、日々、瑞枝の視線を追うためと、そうでしょう、無理なことなのに、と告げれば朋比は言うだろう。

何も必要ない。

庭に多種のハーブを育て、いくつもある部屋にそれぞれ乾して、珍しい鉱物や、中には冬虫夏草などという少し気持ちの悪い薬を蓄えている朋比の邸《やしき》は、周囲の人々から魔女の家とでも、言われていたかあるいは重宝がられていたか、朋比はそれらを人に施したか、いいえ、それより邸を訪れる人はあったのか。

泰浩の名を知ったのは誰からか、ほとんど邸の敷地を出ない朋比はいつから瑞枝の白い顔を見憶えたか。

朋比の指先にある小さい青い透き通った石がどこかに通じる扉である。

青い輝きを見つめながら朋比は、遠い旅にいた。

瑞枝は、プライヴェートな時間を思い切り装って過ごす。泰浩とともに、ほか人の追えそうもないところよりやや手前くらいの、少し尖った身なりで街をゆく。それは二人どちらにも一定以上の身の細さと顔の小ささ、眼の大きさ、肌の若さがないと成立しない。

瑞枝の左手にある指輪に青い石が見える。泰浩が買い与えたものだろう。高価ではないかもしれないけれども、この二人の来店は宝石店の店員も歓迎しただろう。その隅でそっけなく対応される娘がいる。

高額の装身具を契約の際はチョコレートとシャンパン一グラスくらいのサービスを当たり前の高級店なのだが、長らく憧れていたその店の高価な指輪を、長らく貯めた多額の自費で、長らく躊躇《ためら》った後、よほど思い切って購入と決めて出向いた娘は、わざわざ端の小さなテーブルでお座なりにあしらわれ、水の一杯ももらえない。

そんなふうにされる娘がいる。と朋比が言う。

大晦日に見捨てられ凍え死ぬマッチ売りの少女は、絵本では愛らしく描かれているけれども、本当はみな人が同情もしない程度の容姿だったのでしょう。

容姿、かな。それは知らない、だがはっきりしている、求められる人と求められない人。ともにいたい人といたくない人。その違いは飽くまで個人の好悪《こうお》だと考えているでしょう？

でもね。

星の多い夜に教わった。

テーブルにはほのかにくゆる湯気とコーヒーカップが考え深げで、しんとした、昨日の別離の夢が還っても来そうな午前二時の、窓外《そうがい》をさして朋比は、それは深い冬、沈む冬の空の果て、えもいわれない笑顔で。

じき会えなくなるけれど、後は頼んだね。

と、渦巻いている星雲の影を指さして、空は、空はね。

降りて来る。逆さまになって降りて来る。

朋比の死体は冬の朝、庭に生《お》うハーブの中に安置されたようにあった。

以来、残念は消えない。

心飛ばせないわたしは、現身《うつしみ》を運びつつ瑞枝の後を追う。住居、仕事場、行きつけの店、朋比はどれも知っていた。風景になったつもりで歩道の脇に立っているそこを朝、やや急ぎ気味の瑞枝が行き過ぎ、少し先にある横断歩道から横切って近くの駅に向かう。

朋比にもらった空の青を、朋比のように指先に載せながら、わたしは後を追う。

私鉄の駅から五つ先で降りる。それは知っている。そこからJRの七つ目で降りる。それも知っている。そこから六分くらい歩いて三十一階建てのビルに入る。その二十四階に瑞枝の勤める事務所がある。それも知っているが瑞枝の仕事がどんなかは知らない。朋比がそれを知ることに意味を見なかったからだ。朋比の望みは瑞枝であって瑞枝の所属でない。

瑞枝の化粧、瑞枝の衣服、靴、バッグ、指輪、イヤリング、ネックレス、ヘアピン、どれも細かく伝えられたけれども、瑞枝が何を思うのかは語られなかった。朋比の望みは瑞枝であって瑞枝の意志ではない。

だから泰浩のことも多くは知らない。ただ二人が街にいることの、周囲の人々から求められ羨まれ妬まれている感触だけを朋比は告げた。

それで何になる？　何度も尋ねたけれども、一度違えた方向は変えられないと言うばかりだった。

言葉が意味を通り越したところに呪《しゅ》はある。

朋比は死んだが、残念とともに呪は残る。

魂はあるか。尋ねたことがある。

「ない」と朋比は言った。

「死ねば何も残らない。あるのは言葉だけ。残るのは言葉だけ」と言った。

残念とは言葉の記憶であった。

瑞枝が朋比の呪を祓《はら》う。わたしはそう考えた。

朋比は自分の生が瑞枝の逆であると、そう信じていた。

瑞枝を知ったとき、すべてが逆立ったからだ。そう朋比は言った。

「知っている。逆立つ恐ろしさ、慕わしさを知っている」とわたしは答えた。

記憶にあるのか、ないのか、だが言葉として発するとき、それは確かにある。わたしもまた、死の前日にわたされた青い石とともに朋比の呪を受け取っている。

自然らしく瑞枝と知り合わねばならない。わたしには朋比の泥濘《でいねい》のような執念がない。だが、手渡された残念は晴らさねばならない。

瑞枝の行動はわかっている。好悪もわかっている。友人もわかっている。誰か友人と知り合

出版のご案内

2023年7月

幼くタフで、
浅はかだけど賢明な、
育ち盛りの少女たち

腹を空かせた勇者ども

金原ひとみ

陽キャ中学生レナレナが、
母や友人たちと共に
未来を切りひらく！

知恵と勇気の
爽快青春小説！

© 西田香織

●定価1760円（税込） ISBN 978-4-309-03106-4

河出書房新社 〒151-0051 東京都渋谷区千駄ヶ谷2-32-2
tel:03-3404-1201 http://www.kawade.co.jp/

腹を空かせた勇者ども

金原ひとみ

『蛇にピアス』から二十年、『マザーズ』から十一年――金原ひとみが初めて十代の目線で描いた母娘長篇。勇敢で不遜な青春小説。

▼一七六〇円

きょうはそういう感じじゃない

宮沢章夫

なぜ人は「きょうは中華って感じじゃない」と思ってしまうのか。軽妙洒脱な名文の数々。宮沢章夫による、ゆるく笑える脱力エッセイ。

▼一八七〇円

あなたの燃える左手で

朝比奈秋

ハンガリーの病院で手の移植手術を受けたアサト。しかし他人の手を受け入れられず――。身体を、国を奪われる意味を問う傑作中篇。

▼一七六〇円

5分シリーズ+

私の心臓は誰のもの

藤白圭

大ヒットシリーズ「意味怖」著者、初の長編ホラー。高校生の日常に忍び寄る殺人事件――ラストに待つ衝撃の事実に恐怖が止まらない！

▼一三四二円

…う時代 増補版

少女小説を中心に活躍し、近年再評価の

ってから紹介してもらうほうが信頼されやすい。だが、手間が三倍かかる。誰かと親しいやりとりをしたいなら、相手が内心に持つ微妙な思惑に応えるための態度が要る。そのさい、相手が二人いて、どちらともよい関係であり続けるために必要な意識の操作は、相手が一人の場合の二倍ではない。二人を、瑞枝、そしてわたしが新たに知り合う友人A、とするなら、瑞枝に向けた親密な態度、Aに向けた親密な態度、の他に、瑞枝とAがともにいるときその両方とうまく合わせつつ、それぞれへのわたしの対応の違いを際立たせない第三の振る舞いが要る。そこに泰浩を加えてとなるとさらに複雑に幾通りもの心向けを繕わねばならない。

確固たる自己というのは嘘である。西欧では対人間より先に唯一神の前でただ一人の自分として対峙するから人格が一つとして固定するという意見を聞いたことがあるが、あちらでもそうそう意識が一貫しているとは思えない。ましてわたしたちは、たとえば誰かに対する意識、しか明瞭にならない。一人で誰も念頭に置かないとき、わたしはいない。

いいえ、朋比がいる。わたしは朋比の意図を離れて存在しない。だから、瑞枝に会うときの意識は、瑞枝を獲得し取り込むための演技である。手練手管である。ならわたしは朋比の前において首尾一貫しているか。

それもいいえ。わたしはいつ朋比を裏切ってもかまわない。何の造作もない。そうしたところで、死んだ朋比が何をできるわけもない。魂はない。だから死後、わたしの行動を制御するものは何もない。何をしたところで罰も褒賞もない。ただ朋比はわたしの意識の裏にまで呪を仕掛けていた気がする。意識の面《おもて》であるわたしにそこはわからない。

思い起こすと、神社だった。瑞枝が一人で住むマンションの近くに小さい神社があって、一度だけ朋比に連れられてそこに行ったことがある。朋比に珍しい行動だった。

これだけだが、朋比のサインはわかっている。夕刻過ぎて暗くなる頃、神社にいよ。

すると瑞枝はやってくるだろう。

瑞枝は大方の土曜日の夜、泊まりに来た泰浩を誘って軽い散歩に近くを歩く。二人であってても用心深くいつでもすぐ通報できるようスマートフォンを手にしながら、あまりに暗い所は避けて、危なげないよう巡る。途中一度はコンビニに入る。決めた道のほぼ終点に神社があって、他に人がいるときはそのまま帰る。誰もいないことを確かめると薄暗い境内を二人でゆっくり徘徊《たもとお》る。それは境内に何匹か居ついている猫を見つけて回るためである。普段、瑞枝と神社のつながりはそれだけで、瑞枝は本殿に参拝することもない。

わたしは知っている。瑞枝は夜の他人にはとても警戒心が強くとりわけ泰浩以外の男性だと子供でも避ける。だが女性だと警戒は薄れ、そして、猫に構っている女であるとほぼ避けることをしない。

猫になつかれるには素質が要る。どうしても猫の寄ってこない人と、すぐ寄ってくる人とはおそらく遺伝子の何かが違う。だがその反応は猫にもよるらしい上、徹底して嫌われる体質でない場合なら、最近は猫の気を惹く、スティックに入った液状の餌がある。ビニール・スティックの先を切ってこれを猫の鼻先に差し出せば、大方の猫は欲しがり、身も世もない様子で舐める。

人を介して知り合うに三倍の心造りが必要だとしても、猫相手であれば、言葉で愛想を示す必要がない上、それぞれの猫向けに心合わせしなくて済むので、だいたい一・五倍くらいの手間で済む。

それでも何度か、馴らしが必要だった。一週間毎日、夕刻前に神社へ行き、食い気で猫たちを手なずけた。その結果、わたしが境内に足を踏み入れると、猫たちが寄ってくるくらいになった。

こうしておいて、ある土曜日の遅い時間に神社へ行くと瑞枝と泰造が境内にいた。

いきなりわたしが近づけば、相手が女と知っても瑞枝は決まり悪がってすぐ去るだろう。わたしはしばらく鳥居の前に立ち、察した猫たちが集まってくるのを確かめながらゆっくりと鳥居をくぐった。

奥にいた瑞枝は、やたらに猫たちに慕われる女の出現を知って、まずは警戒よりも興味を示した。

そこからは、猫の媒介で言葉を交わすのに造作もなく、泰造も加え、わたしもまた、もともとどちらも猫好きであることに嘘はなく、そうした経過で三回ほども神社で出会うことが続けば、後は街中で「たまたま」顔を合わせても話しかけることに不自然のない関係となれた。泰造がいない場でも瑞枝とわたしの会話が成立するに至ったということだ。

週日の瑞枝が帰宅する道筋の間に瑞枝の好みそうな、しかし瑞枝はまだ知らない喫茶店を探した。

とりわけて瑞枝に仕事の疲れのない早めに退社できる日、帰り道「たまたま」出会うと、むしろ瑞枝から話しかけてきた。それで少し時間があるなら、近くに知っているいい店があるよと誘い、アピエレという自然食品とハーブを多く用いた茶と菓子を供する店の奥に座を占めた。店は小綺麗で瑞枝の好みに向いていたが、自然食品やハーブといった志向が瑞枝のものであったわけではない。わたしの対瑞枝用人格造りのためだ。わたしは不思議と猫に慕われ、薬草に詳しく自然食品を是とするエコロジー志向の女性であることを示した。髪を伸ばして薄い色に染め、パーマをかけ、ふわふわとカールさせて顔の周囲を縁取るようにしていた。随分前の言い方だがかつて「森ガール」といわれた種類の、ナチュラルな緩いアースカラーの衣服で会うことを心掛けた。それはわたしにはいくらか似合わないところのあるなりなのだが、そのやや自分が見えていないことを知らずこれが一番のお洒落であると信じている、世事には疎い鈍感な様子をもまた瑞枝に示さねばならない。これらの様式がわたしの導こうと考えるところに向いていたからだ。こういう型の女の言いそうなことを言わねばならないからだ。

対面して二人だけで話すのは初めてだったが、わたしは瑞枝のことなら大方知っている。まずわたしが最近見た映画について話した。瑞枝が一昨日、泰浩と見てきた映画だった。さらに話すうち、「偶然」映画の好みが一致していることがわかった。また好きな俳優も「偶然」同じだった。

だがそれらは前哨戦であって本戦ではない。そろそろ瑞枝が本気でわたしを同胞と認め始めた頃、

「あれ。これと同じですね」

と言ってその日までわざとつけてこなかった指輪を見せた。

嵌《は》められた青い石はブルー・サファイアで瑞枝の指にあるものと同じである。

瑞枝は知らないが、それを求めた店も同じである。

「不思議」

と瑞枝は言った。これほども同じところのある相手に出会うとは、何か、運命のようなものを感じてくれただろうか。

「サファイアの意味は信頼、慈愛」

と、こんな風に宝石の意味合いを伝え始めると、そこからは値段や人あしらいや通勤時間、社内評価、家族関係、健康、衣装、食、住宅、資産管理、隣人とのつきあいといった領域を離れ、少しずつ占いや運命や迷信の方へと言葉が浮き上がり始める。実質を離れた言葉ほど、機を得ると誘いかけの力を増す。

「九月生まれ？　サファイアは九月の誕生石」

「ええ。そう」

知っている。わざと尋ねた。泰浩が瑞枝の誕生祝いに買ったものだ。

「わたしは違うけど。ブルー・サファイアの色が好きで買っただけ」と言った。誕生月まで同じだと言うと、瑞枝は気味悪がり始めるかもしれず、相同性《そうどうせい》はこのあたりでとどめておくのが賢い作為だろう。

「あなた、活発で友達が多い方でしょう。人と話すことが好きで。でも子供の頃は身体が弱かった？　今も呼吸器が少し弱くない？　風邪ひきやすいでしょう？　それと、中耳炎になったこともありますね？」

そんなふうにそこはかとなく占い師的な言葉をかけると、もともとそちらに興味のないわけでなかった瑞枝はたやすく反応し始める。大方知ったことだから当たらないはずがない。

だが瑞枝はすべて言い当てられていることに驚いている。

「よく人から天然って言われない？　それと忘れ物が多い。でも真面目で、周りの人は親切な人が多いからあんまり困っていませんね」

いくつか続けてから、

「わたし、少しわかる素質なんです」と伝えると、瑞枝のほうから、

「あの、もしできたら教えてほしいんだけど」

と、飽くまでも判断留保のようでその実、既に信頼した口調が見え始め、

「あなたも知っているでしょう、川路さんのこと」

わたしはしばらく黙って瑞枝を見つめ、瑞枝が少し不安になった頃を見計らって言った。

「いい人ですね」

瑞枝のほっとした様子が伝わるが、しかし瑞枝の考えるところはそこでなく、

「いつか結婚を考えています」と言った。

そこですぐ、「ええ。わかります」と少し強めに言うと、その言い方が前後の文脈から、瑞

枝に信頼をもたらすとわたしは知っている。今度はあまり間をおかず続け、

「川路さんは、ええと」と、ここで口ごもって見せる。企《たくら》み心にさらされた経験の少ない瑞枝がまたも心配げな表情になる。それを数秒見極めた後、言う。

「川路さんは、ちょっと地に足のつかないところがありますね」

瑞枝が核心を突かれたと思っている。続けた。

「優秀で賢い優しい人だけど、その分、絶対に、ってしがみつくところが少ない」

そのとりとめのなさ、自由さが今の瑞枝には心懸かりなのだ。それを言い当てるともうここからは脇道に逸《そ》れることがない。

「あなたは、川路さんがいつか心変わりをすることを恐れている。あなたに優しい川路さんは他の人にも優しいから」

瑞枝はそこから先を言葉にする必要もない様子で「ええ」とだけ言った。

ここでわたしはまたいくらか間を置いた。その間は、瑞枝にはよいようにも悪いようにも思われるだろう。そしていきなり、笑顔で言った。

「でも大丈夫。今の川路さんはあなたしか目に入っていませんよ」

ここで「今の」と入れたところが小さい罠である。

瑞枝は一旦は単純に喜んだが、しばらくして「今の」が効いてきた。

「あの、ずっといい関係でいられるでしょうか?」

このときわたしは予言者で瑞枝は信者となっている。

「ええきっと大丈夫」

予言者に「きっと」は似合わない。それは保証しないの意味になる。それで瑞枝の不安は消えない。そこを十分見据えた後に、本題に入った。

「安心していいと思いますよ。でも、もしまだ心配なら、ちょっとした魔法を教えてあげましょうか」

ここで新興宗教への勧誘やカルト思想への誘導が感じられてはいけない。「魔法」という言い方は遊びの延長のようなものに聞こえて、洗脳の下心への疑いを打ち消す。

瑞枝は軽い気持ちで承諾するだろう。

「どうするの?」

「言葉をあげます。人はうつろうけれども言葉はうつろわない。人が人為に頼ろうとすれば過《あやま》つ。けれど、言葉に導かれるままにいれば、言葉はあなたである」

「わからない。なんですかそれ」

「それで心配も不吉も免れることができるはず。川路さんとのことだけでなく、できるだけ健やかに暮らせるようにしましょう。ただ今は無理。もしいいなら……」

僅か考えるふうにして続けた。

「今日は難しいけれど、明日の夜、満月ですね。晴れそうですね。そうしたら水《みず》地《ち》台《だい》、知ってますか?」

「ええ」

水地台は瑞枝のいるマンションの近くにある丘で、登った先に小さな見晴らし台がある。「水地」はもと「蛟《みずち》」で、いくらか暗い由来もあるらしく、昼は立ち寄る人もいるが、夜はほぼ人が来ない。

「満月が中天に上る午前零時、水地台の見晴らしに来てください。待っています」

次の夜、首尾よく晴れたので月明かりの下、脇にくろぐろと樹々の立て交《か》い枝葉を栄えさす、水地台の斜面の細い道を登った。歩くたび葉群《はむら》がささやくように音立てた。上空に風があった。あるところから階段が始まり、達した所はコンクリートの平面だった。崖となったところから、斜めの柱に支えられた床面が突き出、鉄の柵に囲まれた見晴らし台となっていた。上がって南を向けば視界が開け、眼下に街並みが沈み、天上からは月が見おろし、星が散っていた。わたし以外に人はいなかった。

十分ほども待っていれば後から瑞枝が登って来た。

二人並び、月に向いて立った。

「今からあなたに、口移しに与えます」

「はい」

「わたしの言うとおりに、同じことを同じ拍と同じ音程で言って」

「はい」

わたしは始めた。朋比の残した言葉。

「被《おお》いさす陽《ひ》のまぐれ映《は》え現《うつし》みゆ」

朋比の伝えた節回しのとおりに言挙げた。瑞枝は復唱した。よい声と思った。

「揺《ゆ》らぎ面小《おもさ》揺《ゆ》らぎ面眩《おもてくら》み突《つ》き」

瑞枝は復唱した。

「威《たけ》き厭於《おお》幸織《さちしき》みあらざり」

瑞枝は復唱した。

「繰《く》る見幽《みゆら》良しき實珠倭《みずわ》ゆ果《はたて》」

瑞枝は復唱した。

「功《こう》たりて陸離《りくり》みざしね浮《う》く鬼喘《きぜん》がえ」

瑞枝は復唱した。

「賜《し》とも裏《うら》がう其《そ》も祟《たたら》かく」

瑞枝は復唱した。

「傍《はた》ら咲《さ》く白華《はかはな》たけと奏《かな》でやみ」

瑞枝は復唱した。

「炒《い》ろ多々良《たたら》しむ緋間剖《ひまわ》の潰《つい》え」

瑞枝は復唱した。

「渦《うず》し苛黒《かぐろ》くかばね斃《たうれ》う」

瑞枝は復唱した。

「毀棄《きき》さらまかけ撤《さつ》あざれしも」

瑞枝は復唱した。

「ゆかましきたれあわのわがいよ」

瑞枝は復唱した。

「ゆかましきたれあわのわがいよ　いわにわがいよ　いよにいよよに」

瑞枝は復唱した。

間を置いて言った。

「これで終わりです。もう一度言えますか」

「いいえ」

「では最初から」

再び口伝えた。瑞枝はたどたどしくだが忠実に真似た。

十回繰り返して伝えた。まだ完全には憶えられなかった。十五回目にようやく瑞枝は一人ですべてを暗唱した。

「忘れないで。毎日一度は暗唱して」

「それで開けるんですか」

「ほら」

月を指さした。今も雲のない天に白く輝いている。

「あなたは陽の光に満ちているけれど、陰の光が少し足りない。だから月の光を呼ぶ言葉をさしあげました。月の光はこの言葉を辿って降りる。そしてあなたに宿る。それはあなたの行く先の暗がりを少しだけ明るませるでしょう。日々言葉を発していれば月のない夜も守られる。信じて」

でまかせである。すべて嘘だ。だが、このように念入りな順序でなされた儀礼を瑞枝が疑うことはないだろう。

「そうします」

「この言葉は、わたしからあなたに移された。だからわたしはこれからもうこの言葉を口にしません。あなただけの言葉となった。わたしはあなたの幸せを祈ります」

瑞枝には封筒に入った紙片を手渡した。伝えた言葉が漢字交じりで記してある。謡本《うたほん》のように少しだけリズムと音程の目印をつけてある。一度憶えた者ならわかるはずだ。

「ありがとう」と言って瑞枝は持参の洋菓子をくれた。わたしは受け取り、礼の他には何も言わず何もしなかった。

わたしたちは丘を下り、左右に分かれた。わたしはこの先、瑞枝の前から姿を消す。役目は終えた。やれることはやった。後は瑞枝がどうなるか、わたしには知れない。運よく泰浩と結ばれることを祈るけれども、無理なら仕方ない。そのときは折角のまじないも捨てられ忘れられるだろう。そうなれば朋比の望みはかなわない。

初めて会ったときの朋比にはとても無残な香りがあった。

どれだけあるのだろうかと思える書籍の棚の前で、朋比はたゆげにわたしを見た。

すべてを知る人は絶望をまとう。自らに変革の手段は残っていないとわかるからだ。

朋比は、この世界で自分の置かれた処とその意味と、自らがそこに居難い心を予め持たされていることすべて、了解した上で怒っていた。ひとつの意識である自分をここに落とし、逃げもさせないよう捕《とら》えた者に向けて。それは神だろうか。朋比は神さえ信じていなかった。誰に向かうとさえ言えない怒りを常に心の底に湛《たた》え、だが波風も立たせず、一生をじりじりと耐えていた。

自分の美徳は忍耐だけだと朋比は言った。だが、それが途切れたとき自分は死ぬだろうと言った。

「あなたはとても軽い。柔らかい」と、初めて会った時、朋比は言った。

「だからあなたには使者をお願いしたい」

わたしは、正直に、あなたに何か依頼される筋合いはない、と言おうとしたが、朋比の次の言葉がそれを抑えた。

「そのかわり、あなたにさしあげましょう」

何を？　と言う前に、異様な言葉の群れが続いた。

もう一度、全世界が逆立つように思われたのはこのときのことだ。

だがその意味がわたしにはわからない。不思議な韻律と節をもって歌うように語られ、それらの言葉が発せられるときだけ、朋比は飛びぬけて優れた声を持っていた。そのようにわたしには思われた。その言葉があるということ、その声によって語られるということが何よりあるべき運命、この世の何よりもあるべき記憶とわたしには決まった。

さしあげる、と朋比は言った。それでわたしは、朋比から促され、言葉をそのまま模倣した。なんども繰り返し、発声した。わたしが瑞枝にほどこしたようにだ。

こうしてわたしは朋比の語る何かを真似、自分で語れるようになろうと努めた。

だが、わたしの声は朋比のそれに及ばない。

幾度となく、朋比の邸を訪れた。朋比は会って話して楽しい相手ではない。常に重く辛そうな様子が、何をしていても全身から発せられた。病でもあったと聞くが、詳細は知らされなかった。

それでもわたしは、意味も知れない、しかし忘れ難い言葉を教わりに、朋比の邸に通った。そのたび眩暈《めまい》のような経験を得た。

朋比はわたしより五歳年長だが、三十以上も年老いて思われた。

あるとき朋比はこう言った。

「いずれわたしが死んだあと、あなたはわたしのことを誰にどう告げてもよい。書き記してもよい。わたしの名も行動も言葉も、記憶通りに書き記してよいし、勝手に変えて伝えてもよい。ただひとつ、わたしの容姿を一切伝えてはいけない。約束できますか」

「はい」

その日も縷々《るる》と繰り延べられる言葉に倣った。

何十回目かに、ほぼ一通り語り終えたとして、朋比は、黒い厚表紙のついた、楽譜のような大判のノートをくれた。それまでの言葉の二、三句ごとを一行として一ページに十二行ずつ縦書きで記されていた。詞は表だけに書かれ、一ページが一節となって、二十四節あった。そこには、発音だけではわからない漢字による表記が施されていた。それで確かに日本語ではあると認められた。

題名がないため今も何というか呼びようがない。その言葉の群れは、ほとんど意味もわからないものの、およそ文語文法に従うらしく、書かれた形で通して見ると、どうも何かの物語を伝えるように思われた。僅かに一部、こちらに、あちらに、聞き覚えのある、あるいはなんとなく意味が類推できそうな言葉があり、しかも漢字交じりで書かれていたので、耳伝えに聞くよりはわかるような気がした。

だが気がしただけで、実際にそこで何が語られ、どんなことが起こり、どのように経過し、どう終わるのかも知れない。

見るたび、眩暈の経験は小規模にだが甦った。後から想起するそれはこの世のことでなかったような、いいえ、この世に抗《あらが》う言葉、しかしこの世に優越する、そしてそれゆえにこそこの世に確固としてあるべき言葉、とわたしには記憶された。

だが、何なのかなぜなのかはわかったためしがない。

一度だけ尋ねた。

「これは何なのですか?」

苦しそうに喘ぎながら朋比は言った。

「それは、何千の書物を読んだわたしが、それらの知識を一度忘れた後に、勝手に作りだしたわたしの言葉だ。何かに似ているでしょう。それはわたしの遥かな記憶からきた木魂《こだま》のようなもので、いくらかはその響きその意味が通じるところがあるでしょう。すべてわかるのはわたしだけ。いいえわたしにももうすべてはわからない。ただ何かを思い出しそうになる言葉というだけ。今、わたしの望むところは、この言葉を、あなたが、わたしの決めた人に移し伝えてくれること」

そのように朋比は言った。

そして、青戸瑞枝の名を告げた。

「あなたが記憶するすべての言葉の中から、第十三節の部分を、青戸瑞枝に暗唱させてほしい」

「どうして?」

「その女がわたしの欠片《かけら》だから」

さらに続けて言った。

緩やかに意識を泥《なず》ませてゆくと、沈みゆく中、口中の白飯に一粒砂が混じっていたときのように、かつりと不愉快な苛立たしい異物にぶつかる。それが他者というものだ。それを噛み砕くことも吐き出すことも飲みこむこともできないまま、違和を感じ続け留め続けるのが人中《ひとなか》で生きることだ。それが本来の自他というものだ。

だがその異物に触れることが身を損なわない、そう感じられるときが稀にあって、なぜならそれが真の異物ではないからだ。そこに自らの忘れられた欠片を見出すからだ。人は自らの欠片しか愛せない。

そのように朋比は言った。

嘘である。自己の似姿を見出すことがあったにしても、それは錯覚と言って間違いなら願望のなす誤謬《ごびゅう》でしかない。何より朋比はあらゆる意味で瑞枝に似ていない。ではどうしてそんな思い違いをするのかと尋ねると、そうだ、愛は僅かな見誤りが作り出すのだ。始まりにあった誤り、その作るごく僅かなずれが変更されないままどこまでも延長されて、もとの位置から途方もなく離れてしまったところにある邪心を愛と呼ぶ。

朋比はそれ以来少しずつだが、青戸瑞枝という若い女性がどんな容姿でどんな生活をし、どんな人と関係を持っているか、どんな仕事をしているか、どんなものを好みどんなものを嫌うか、克明に伝えた。

どうしてそれほど詳しいのかと問うと、心飛ばして知る、と朋比は答えた。魂はないのに心はあるのかと問うと、意識の総体である心とその奥に仮定される魂とは別であると朋比は言った。

だが正直なところ、金には困っていなかった朋比が有能な興信所員でも雇っていたのではないかとそのときのわたしは考えた。今は否定している。

わたしは、会ってもいない女性がクローゼットに持つすべての衣服の数まで知ることになった。

言葉を伝える、移す、そんなことにどれだけの意味があるのか、わたしは朋比に尋ねた。

朋比は答えた。

「知らない。わたしには知れない。言葉を持つ者にできることはそれだけではないの?」

こうしてわたしは、瑞枝に近づき、知己を得、しかる後に朋比の言葉をその口に移すことを約束した。朋比の伝えた言葉がわたしには特別に思えたからだ。魔法のような何かを他者に分ける試みに賛同したからだ。

朋比は、これが最後と言って、わたしに青い石の嵌まった指輪をくれた。

「あとはお願いね」

次の日、朋比は死んで発見された。

叔母は「ようやく」と言った。朋比に会うよう命じたのは叔母である。

「そこで何か得るかも知れない。何もないかも知れない。厭なら二度と行かなくてよい」

叔母はそう言って朋比の邸を教えた。

朋比に恩も引け目もなかったが、そしてその会話が弾むわけでもなかったが、わたしには記憶すべき体験が残った。

朋比から受け取ったノートから、瑞枝に与えると約束した第十三節のページだけを切り取った。それを封筒に入れて瑞枝に授けた。

書き残してあれば、いつの日か、その意味を読み取ろうとする人も出て来るかもしれない。朋比の言葉は、その夥《おびただ》しい読書の経験の結果であると本人が言った。であれば、いかに変形、毀損《きそん》された言葉であっても、何かの意味をうかがうことはできるだろう。それほどの根気と熱意があればだ。

打ち捨てられたまま忘れられ消えてゆくだけかもしれない。それは立派に造った石の墓に訪《おとな》う者がなくなり、彫られた名もかすれ朽ちてゆくのに似ている。誰か、そこに墓参に来る者があれば何かは続く。

瑞枝は、あの一節を忘れず唱え続けるだろうか。

そこに朋比は何を語っていたのだろうか。長い言葉の群れの中の、それはとりわけ大切な部分だったのだろうか。わたしにはなんとなく、全篇の内、最も忌まわしいことを語った部分だったのではないかという気がしている。

朋比の残念は、こんなことで晴らされただろうか。わたしにはそうは思えないが、しかし、朋比が人に魂はない、死ねばそれだけだ、と言うのだから、朋比の魂は今はなく、言葉だけがあるに相違ない。

わたしは明日、郷里に帰って、叔母に誘われる以前の暮らしを再び始めようと思う。役目は終えたのか、呪は解けたか、まだ知れず、一生知れないかもしれないが、呪なのか祝《しゅく》なのかもわからない言葉が今しばらくはこの世に残されている。

05

目醒める少し前の足音

05

目醒める少し前の自と他との、人と人との区別の薄い時間に交わした約束を、守るため守るためと、そればかり気にしていて何の約束だったか忘れているような、乏《とぼ》しいことだ、雨の降る中、よく来てくれたと言いたいのに、来る人のいない朝の、覚醒という断崖が見え始めた。

　起きてしまっては取り返しがつかない、と布由子《ふゆこ》はことさらに閉じた眼を瞼《まぶた》の下で瞠《みは》り、外からでなく内から湧き上がり、後から後から見えてくる小部屋の数々と庭と小径の石々と森の緑の光景の細部に意識を沿わせて、ついつい隔てをひとつ越えてしまうことだろう。

　怖ろしさは音で感じられる。布由子は、夜のたびたび、ごおごおと家の外から低く響く音を聞いた。闇に響く声である。よほど暗い、荒れの進んだ、肌に触れれば爛《ただ》れるような闇が窓の外にある。闇の奥にはある特定の音が閉じ込められていて、闇に反響してゆくうちに漆黒の膜を幾重も潜《くぐ》って、不穏な響きばかりに育つだろう。

深奥《しんおう》にある音とは、ただひとつの言葉の繰り返しに過ぎない。だからこそ、永遠回繰り返して発せられる一言の呪いと同じ、加熱された言葉は重みを帯びる。

　重みは部屋の隅々にいる。幼い頃、布由子はそう思い、怯《おび》えた。

恐れず待つことができれば、と布由子は望み、強く望み、望まれたそれは布由子に言う。

「何度でも、何度でも、唱えなさい、わたしの名は」

記憶は夢の片隅に繰り返し訪れる。冷たい広がりがたふたふと八歳の布由子の身を浸《ひた》した。以来、目醒める際にはいつもそれがいる。

意識が固く形を成し、今ここの座標を悟り始めると、夢は速やかに消える。断片だけが掌に残り、しかも氷の欠片《かけら》のように見る見る融けてゆく。忘れゆく。

だがわたしが教えよう、布由子、あなたは囚われる。この世この夜の果ての、夢の記憶に、記憶の名残に摑まれる。

ようやく意識を自らのものとした布由子が身支度を終え、卓上のコーヒーを軽いパンとともに口にし、目醒め際の胸苦しさの理由は人でも殺した夢だったのだろうかとひととき思案する、渡すあてのないバトンを宙に振るような無為の後、時間は刻まれ始める。

足音が聞こえると、それは布由子が望むところへ向かうだろう。

会わねばならない、と、その言葉は黄金の重みとともに差し出された罠である。もし仕事を任されたとしてそれが言われたとおりの破格の収入をもたらすのかどうか。ふと歩みを止めてみたい。

だが時間は止まらない。布由子はひとつひとつ、階梯《きざはし》を踏むようにステージを進んでゆく。一刻がひとつの理《ことわり》を教える。一刻一刻、布由子は賢くなって、会う頃には何も知らないことはない。そんな嘘に唆《そそのか》されるように足を急がせる布由子の耳元に、もっと大きな嘘を教えましょう、と囁きかけてやりたい。

行末《ゆくすえ》という名が偽名であるかないか、わざとらしい、作り物らしい気はしたが、だからといってその言葉まで嘘であると布由子は思わなかったので、既に五度、面談して、問われるままに答えた。

三十歳から四十歳の間くらいに見える、大方表情の硬い、背の高い男性である行末は話すたび布由子に威圧感を与えたが、もともと就職のための面接のつもりで出向いていたのだから不審には思わない。

「毎回、選考がなされます。合格者には本日から三日以内に連絡がゆきます」

最初のおり、集った応募者たちに、会場係であるという黒いスーツを着た青年が言った。名を志岐《しき》と名乗った。他に四人、手伝いらしい男女がいて、皆同じ黒服だった。

選考は何回も繰り返されては、適合者を選び、すなわち不合格者を排除し、そうやって徐々に人数を減らして最後に一人を選び出すと志岐は続けた。

いつか藪の中の水溜りの水面に見たボウフラを思い返しながら布由子は順番を待った。

第一回目は指定された広い会場に、女性ばかりおよそ数百人を超える応募者がいたが、第二回目以後は個別に呼び出される方式となったので布由子はどのくらい人数が絞られてきていたのか知らない。面談する相手は最初から五度目まで行末であった。いつも志岐と同じ黒いスーツを着ていた。他に面接官はいなかった。

いずれの回も、壁、天井、すべてメタリックグレーの広い一室で、布由子と行末は数メートルもあるテーブルを隔てて対面した。

初回のおり、低いがよく響く声で名乗った後、行末は続けてこう問うた。

「人を殺したことはありますか」

布由子は誰かの言葉を引用するかのように、

「夢でなら」

と答えた。

「楽しかったですか」

「いいえ」

「神に問いたいことはありますか」

「悔いはありますか」

「機会があれば伝えておきましょう。信頼できる人は何人いますか」

「いません」

このあたりで、これは何かの職業的適合性を確かめているのではなく、性格や感受性に関する調査なのだと布由子は考えた。それで取り繕ってどうなるものでもないと判断して、思いつくまま答えることに決めた。

募集のさい、IECという企業名と収入・待遇だけを示されて、仕事の内容も教えられていない。先読みしてよい回答を見出そうとしても間違うだろうし、選ばれるのは数百人の中から一人だけという話なのでもともと過度の期待はしていない。

それにこの殺風景な部屋に来て行末誠《まこと》という名の愛想のない相手からどうでもよいことを問われていると、思うところ見るところ聞くところいずれも自分に無縁の、無駄な時間と思えてきてならず、もとよりの誠実さから態度声音《こわね》は変えなかったものの、布由子はほとんど投げやりな心地になっていた。

「寝台に置いているものはありますか」

それでもこう訊かれたときは緊張した。

「猫のぬいぐるみ」と答えた。

「名前は」

「秘密です」

その後はあまりよく憶えていない。ひとつひとつ考えることもなく即答した。

二日後に第一回合格の知らせが来た。次回面接の日時が指定されていた。

時間通り出向くとまた同じ一室に数メートル隔てて行末がいた。

「連想する言葉を言ってください」と言われて、いくつも単語が示された。

最初は確か「猫」だった。「三毛」と答えた。

その次が「姉」で、「奈津子《なつこ》」と答えた。

わたしの名である。

続いて「夜明け」と言われて「失明」と答えた。

そこから後を全然憶えていない。まるで眠ってしまったように布由子には記憶がない。

ふと気づけば「お疲れ様でした」と言われて部屋を出ていた。知らないうちにどこかで仕事が完了していたかのようだ。

また二日後に合格の連絡が来て、第三回目の面談では、もう完全に何も憶えていない。最初に行末が何かして何か言った。その言葉も憶えていないが、何か言われたと思った後、終わります、と続いた。

帰る途中、これは催眠術だなと布由子は思った。行末は懐中時計を揺らしたり「はい、目を閉じて」と言ったりしたわけではないが、そういうところも全部記憶に残っていないのだと思った。

三度目も合格だった。

第四回目には、大テーブルの手前に大きな図像を描いた紙が二枚広げてあった。自分の前に一枚、行末の前に一枚、どちらにも同じ図が描かれていた。布由子の知る限りでは西洋魔術に見る魔法円というのに近かった。大きな円がありその中を均等八つに分けた線があり、その線と円弧の交わる八つの点から、それぞれ両隣の交点の次にくる交点へと左右二方向に直線が伸びていて、それらによって二つの正方形が重なった八芒星形の図形が描かれている。

線によって区切られた空間に一文字ずつが記されていたが、アルファベットやヘブライ文字ではなく、險《けん》とか凾《かん》とかの画数の多い漢字である。

「ここから目に留まった文字を読み上げてください」

それで

「遼《りよう》、齋《さい》、樊《はん》、黎《れい》、明《めい》、繻《しゆ》、蓁《しん》、稟《ひん》、寡《か》」

と読んだ。

行末は、布由子の回答を聞きながら、自分側の図上の、布由子が告げた文字に赤のサインペンで印をつけ、順に線で繋いでいった。

それが特に星形になるとか龍のような形になるとかいうこともなく、不規則な、布由子の目の動きを辿るだけの軌跡が描かれた。

行末が脇に置かれたマイクに向かって「終了」と言うと、若い男性が行末の背後にある扉を開けて入ってきて、図形の描かれた紙を取り去り、手にしていた別の紙を広げた。

青年は右脇から回ってきて布由子の側の図も取り換えた。そこにも同じような図形が描かれていたが、各々の空間に書かれた文字はさいぜんとは異なるようだった。

卓上が整うと、行末が同じ問いを発した。目に留まった文字を読み上げよ。答えると行末は赤い印と線を描いた。

このやり方が三度繰り返され、そこでこの日は終わりだった。

これも合格だった。

五回目は再び口頭の質問に回答する形式で、行末はこう始めた。

「お姉さんの奈津子さんについて尋ねます」

布由子は怪訝《けげん》であった。

「でもそれは」

「かまいません。答えられるだけ答えてみてください」

姉のことは名前だけしか言っていないのに、行末がもうすべて知っているような口調なので、布由子はこの上、隠す理由もないと信じて、わたしの詳細を語った。

だがこれでよかったのか、答え終わるとともに俄《にわ》かに不審になり、頭の上に一本足で立つ大きな錘《おもり》が不安定に揺れる心地で布由子は帰宅した。

昨日の最終合格通知を得て、今日また、布由子は既に五度足を踏み入れた有楽町のリレという建物の、今回は十五階にある来客用の一室に向かうだろう。これまでは五回とも十二階の会議室が面接会場だった。

そこでは行末とは別の、さらに年配の太った女性が待つだろう。

その人は研史眼《とぎしがん》と名乗り、なにとかいう新興宗教組織の要職にあることを告げる。だが研は自身の属する宗教団体についてはそれ以上語らず、布由子を勧誘することもない。

ただこう言う。

「わたくしは魂と意識の繊細な関係をよく知ると見込まれて、この回限り、当教団から雇われているだけで、それはわたくしの奉ずる教えのおかげではありますけれども、あなたに関する件ではわたくしの神であらせられます狭深交《さみかい》の命《みこと》の御技《おんわざ》とは別するものと弁《わきま》えて話します」

布由子はただ聞く。研は本題に入る。

「あなたは稀有の資質を備えておいでです。千二百の方々からただお一人選ばれました。予《あらかじ》めお伝えあったように、あなたがわれわれの指定する役割をこの先十年果たすとお約束いただければ、毎年三千万円を支給します。指定は毎週一回、画像音声を伴うデータで伝えられます。それによって、およそのことですが、あるサイトに数行から数十行、文言を書き込むことが求められます。ただしそれはお姉さんのお言葉でお願いします。

もうひとつ条件があります。あなたがこの役割を演じていることを決して他言せず、誰にも知られないよう心掛けることです。理由の如何を問わず、あなたの名か容姿が世に知られた段階であなたは解雇されます。またここで知ったことについてもすべて秘匿の義務を負います。違反した場合、六十億円の賠償金を支払うと約束せねばなりません」

布由子は承諾し、書類にサインするだろう。

研はさらに続ける。

「『Ierim Esraun』というサイトがあります。そこに何ごとか記し公開するだけです。後ほどIDとパスワードをお教えします」

脇に設置してあるデスクトップPCの前に導かれ、モニターに向かうとIerim Esraunのトップページがあった。

新聞か雑誌のサイトのようであまりセンスはよくないと布由子は感じるだろう。

造りも単純で、「由来」「思惟」「延長」「接続」と四つの項目だけがあり、「思惟」のページへゆくと毎週一回更新されるという短文が日付とともに示されている。

毎週一回と言われたが、見れば最新の言葉の日付は三か月前で、このようにある。

贅《ぜい》であれ。その結果として抗《あらがい》であれ。

贅はあまりもの、無用な飾り、であるとともに、贅沢の贅であり、「贅を凝らす」の贅である。さらに驕り、気儘《きまま》の意味を持つ。
抗は抵抗の抗であるとおり、自己以外の者から命じられる不本意な命令に、勝手な取り決めに、そして自己を都合よく取り込もうとしてくる無神経な思い込みに、どこまでも逆らい、怒り憎み呪うことである。

「由来」のページを開くとこうあった。

「ナイトエッジ」というブログが当サイトの前身である。あるときからそこに書かれた言葉に常時数万人が反応し、レスポンスが増えたので、教団設立とともにサイトを改め、それらはすべて「延長」のページに記録し、本篇のみを「思惟」として分けた。それぞれの言葉への反応を知りたければ各日付の上のところにあるリンクから「延長」内の各対応ログにゆくことができる。
これらの作成は二〇一二年、IERIME（イェリメ）教団事務局が行った。以後ここにIerim Esraun（イェリム・エスローン）というウェブ上の教会が成立した。
教団からの告知は「接続」のページに記される。連絡先も「接続」に記す。

「これは公式の文ですが、あといくらか内情をお知らせすると、最初のブログはあるリストカット癖のある十六歳の女性が書き続けていたもので、それがなぜかは不明ながら非常に多くの人々の参照するものとなり、しかもその中、とりわけこれに傾倒したある資産家が膨大な予算を用いて設立した新興宗教団体がイェリメ教団であります。宗徒がいなくなりほぼ休止状態であった、とある宗教法人からその資格を買い取ることにより現在正式な宗教法人としても認可されています。

宗教法人成立要件の必要上、教会や寺院と同様の意味で拠点となる『真拠《しんきよ》』をここリレビルに置いていますが、ここではエキスパートを雇用してウェブ上の操作と運営のための事務を行うだけです。役所への対応のために形式上の伝道集会も行いますが、それは実際には事務職員だけによる業務上の会議で、当教団の本義ではありません。

イェリメ教団は従来のそれと異なり、完全にウェブ上の活動だけで成立する宗教団体なのです」

布由子は、一時《いっとき》にあまり多数の細かい物体を眼にしたときのような眩暈《めまい》に囚《とら》われ、するとその目を背けた先にある記憶にもまた囚われる。

肩幅くらいではないだろうかと思えるような狭い、両側が斑《まだら》に色朽ちたコンクリートのざりざりとした壁で、どこまで続くか、見透かそうとしても、先は薄い陽ほどもない。かろうじて影にはなりきらない明るみの、僅か、眼よりもむしろ額に感じられるばかりだが、一方、既に後ろの道はないだろうと勝手な決め込みが背を押して、布由子は足許がおぼつかない。ながらも、蟻の進むようにじりじりと先へ、明るみのもとへ近寄ろうと懸命であったことをよく憶えている。どれだけかして確かに足先は届いたのだ。しらじらとした生白い空を仰ぐ布由子の眼がまだどこか探っていた。不意に香りが来た。

苔むした古い樹皮がおりからの雨に湿されてやや後、ようやく荒天も鎮まりそこここが乾き始めるそんなときに発せられる香りであることをしかし、視界を抜きにそうは知ることができず、布由子は眼前に大きな樹が立ちあがって八方に枝を広げているさまを見た。

下から見上げていって行き着く白い空は黒い影となった大枝のいくつかによって区切られ切り取られたように片々と散っていた。その最も大きな断片を仰ぎ見ていた布由子が、ようやく明るみは見出したものの、陽の耀く望みは訪れない。

望みといって、何だろう、小さなことでよいのだ。たまたま道端で見かけて、手を差し伸べ、触れた猫が拒絶せず手に首をすりつけてくるような、そうした僥倖《ぎょうこう》があるなら。

教えとは、宗教とは、居ながらにしてそこにあることが僥倖と思わせるよう心を導く術である、とわたしは告げた。

そこで放心から醒めたらしい布由子に、研は教団の運用形式を告げる。

教団員は月に五百円の会費を支払い、ＰＣもしくはスマートフォンに専用アプリをインストールして「思惟」の言葉を読み、かつまた望むなら「延長」を読み、いずれについても反応したければ反応することのできる資格を得る。だがレスポンスは義務ではない。また他者への勧誘を求められることもない。教団員の義務は「思惟」を受け取ることだけである。

「思惟」を閲覧する資格を得た者はすべて教団員と認められる。教団員として現在約六十一万人あまりが登録されている。それら全員、ウェブ上で用いるＩＤとハンドルネームだけで区別され、実際上の会合は例外的であり、全員、顔も本名も明かされない。教団からの連絡も教団員同士の連絡も電子メールか掲示板上のやりとりだけで行われる。

「当教団は、わたくしもそうであるように、他教団との所属の重複を排除しません。仏教徒でもキリスト教徒でも『思惟』に反応してよいことになっています」

「それでは宗教と言えないのではないですか」と布由子は問うだろう。

「従来とは発想が違うのです。『思惟』を読み、『延長』を読みまた書き続けることで何かの神秘に触れることができたと感じる人がいればそれでよいのです。イェリメ教団はそれ以上の導きをしません。すべては受け取る側に任されております。だからその人が他の宗教の教えのかたわら、当教団から何かを得、何かの反応をするなら、それも当教団の望むところであり、そもそもの教主であるブログの主、イェリム・エスローンの意向であるのです」と研は答える。

教団の事務と許認可は中央組織ラヒムトが運営する。ラヒムトは全会員情報を把握し、全教団員の投票によって選ばれた九人の「司教」の判断によって必要事を決定する。毎年一人一票の投票がなされ、多数の票を得た者から順に九位までが司教となる。およそは「延長」部での発言の、特に優れた者が選ばれる。司教は「延長」部における当人のレスポンス以外、人種・性別ほか一切の条件が秘匿された状態で選ばれ、他教団員同様、全員ウェブ上でのハンドルネームが公開されるだけである。

司教は実際に真拠に集まることさえなく、必要な会合はすべて疑似空間上で行われる。会議では顔を映像として示すことも禁じられており、それぞれが象徴として示す図像を顔とした石像が九体、いずれも音声を一定の形に変換した上で話し合う。

なお、聖職に就くことによる経済的利害から発生する競合と諍《いさか》いや買収行為を避けるため、司教は必要経費として月に五万円しか受け取ることはない。司教は主に「思惟」の解釈の指定に従事し、求められたさいに組織のための提案を審査するのみで、他教団員への直接の命令権を持たない。ただし必要のさい、決められた手続きを踏んだ上で九人の多数決により特定教団員の除名を言い渡すことができる。

司教の総意により「思惟」の正統な読み方が決定される。

解釈とは投げ出された無関係の破片である言葉を繕い繫げてあたかも連鎖するもののように仕立てることである。

水脈のように続く意味の連鎖が、それがあるなら、布由子が幾度も思い出す小部屋の隅に潜む、誰かの嘆息の吹きだまりが、なしえなかった悔《くや》しみに淀む、呪縛となって、眠る布由子に重みとなって押しかかるのを、防ぐなら。あるなら。

あるなら、しらじらとした薄明の朝方に、同じ大きな樹の傍《かたわ》らにいた少し年上の娘を思い出すはずだ。

「これは一体どういう教えなんですか。神は？」

布由子は問うだろう。研はこう答える。

「意識の奥に魂はあります。それは人の意識の望むところとは異なる在り方を持ちます。イェリメ教団は魂の真に赴くところを探ることを目的としております。わたくしに言わせれば神は確かにおわしますが、それはイェリメ教団の神ではありません。イェリメ教徒は自らの魂が『神はない』と確信しているなら神は存在しないと答えます。そもそもイェリメ教団の神というものはありません。ただ魂に触れることのできる言葉だけが『思惟』に記されます。イェリメの教えとは言葉だけなのであります。教団員はその言葉に毎週触れることが義務づけられ、そこから自らの魂に添う言葉を探します」

研はそこで少し間を置き、またこのように言う。

「ところが、教団の組織が整ってしばらくの後、かつて『ナイトエッジ』の名であった『思惟』、ブログ記事があるときから途絶え、半年の間、言葉の空白期が訪れました」

最初のブログ主はイェリム・エスローンと署名していて、これを教団員は第一者と呼ぶ。また、教団成立を可能にした喜捨の主を「思惟」内に記された言葉をあてて「ハロム」と呼ぶ。「使徒」という意味である。ハロムとその信頼する五人の教団成立時メンバーの間でイェリメ教団の存続が話し合われた。

それまで第一者である女性とは電子メールによって連絡が取れていたが、回答がこなくなったため、直接問い合わせる必要が生じた。だが住所氏名が知れない。「思惟」に記された僅かの手がかりと多大の費用をかけた捜査によってようやく、第一者は都内在住の成瀬美礼という当時二十三歳の女性と判明した。イェリム・エスローンとは美礼の名Naruse Mireiのアナグラムであった。

訪問したハロムたちはしかし、美礼に会うことができなかった。その母が、美礼は半年前、オーバードーズによって死亡したと告げた。

「ナイトエッジ」は二度と更新されないとわかった。それでは「ナイトエッジ」にあるすべての言葉を一冊の聖典としてまとめ、これを皆が信仰すればよいではないかという意見が出たが、ハロムはこれを否定した。そうした宗教ならば他に求めればよい。永遠に語られる言葉とその反応によって成る教団こそ必要であるとハロムは言った。

だが教主は死んだ。存続はできない。それに対しハロムはかつての「ナイトエッジ」、当時の「思惟」中の文言から、あるひと続きを示した。


人の意識も身体も、魂の乗り物である。交換可能である。また分割可能である。身体的に他者である者が同じ魂を持つことがある。魂はひとつを複数の人間が分かち持つこともあれば、一人が複数の魂を持つこともある。同時に異なる場所で存在し、あるいは人を乗り換えて存続する。その区分は人間の個別性とは異なる層によって個別である。


ハロムは言った「イェリム・エスローンと同じ魂を持つ者を探せばよい」

だがどうやってそれを見出すのか。

「延長」中にこんな発言を記した者がいた。


いつか知らない。高い空、仰ぎ見る、ラピスラズリの空、水晶の雲、わたしの死後はお願いと頼まれた記憶。記憶はわたしに強いる、その身を忘れ、ただ精霊《しょうりょう》としてあれと。

記された日付は「ナイトエッジ」の記述が途絶える一日前であった。

百合白《ゆりしろ》というハンドルネームを持つその発言者に「頼まれたとは誰からか」と問うと「第一者、成瀬美礼からです」という回答が来た。

イェリム・エスローンの本名はこれまで一度も公開されていない。すなわち、百合白の辞は教主から直接にその名を伝えられたことを示している。尋ねれば「そのとおり、わたしは成瀬美礼から交代を依頼された」との回答があり、成瀬からの電子メールが添付されていた。

そこには「イェリム・エスローンと同じ魂を持つ百合白を正統な後継者と認めます」という一文があった。

だがこれだけで教主としての全権を委ねると決めることはできなかった。

審問のため百合白を真摰に呼ぶことが提案され、ハロムと五人の間での長い論議の末に決定した。

指定されたとおり、百合白は真摰に来た。

六人はそれを見て驚いたが、百合白の言葉を聞いて次代教主とすることを決した。

百合白はこう言った。

「イェリム・エスローンは生身を前提にした問答を否定していました。あなたがたはイェリメの教えに背いている」

六人はそれを認め、しかし、以後も教主の交代にかかわるさいにはやむを得ず直接面談を許していただきたいと二世イェリム・エスローンに請願した。二世はそれを承認した。かつまた、二世の意見により、以後九人の司教が置かれることとなった。

研は続ける。

「この後八年、もと百合白、二世イェリム・エスローンがサイトで発言を続けました。それを先代と異なると疑う教団員はおりませんでした。ところが」

研はまた深い息をつきながら言う。

「げに魂とは不思議であります。三か月前、二世からラヒムトにメールが届きました。そこには『魂《たまぎ》消えました。教主を続けることはできません』とありました」

魂消えるとは、その人の内からそれまでいた魂が去ったことを示す。魂は、ときに突然誰かの心に宿り、あるいはまた突然そこから消え去るのである。

二世は死んだわけではない。魂を持たなくとも人として十全に生きることはできる。あるいは新たな別の魂を持つこともありうる。だがもう二世は教主としての言葉を記すことができなくなった。初代の告げたとおり、人の身体と意識は魂の乗り物なのだ、と研は加える。

「こうして、ラヒムトは再び新たな教主を探すことになりました。幸い、二世がその選択基準を克明にお教えくださっていたので、教会名とその意図を隠した今回の募集が実現しました」

「その二世の方は今どうしておられるの？」と布由子は問うだろう。

「もとの百合白にもどって、教団員の一人として在籍しています。ただ、もう『延長』に何か記すことはしていません。この件はラヒムト所属員以外知らせていません」

布由子は三世となることを決めるだろう。それは実際には人間であり意識である布由子が年収と仕事の条件を望ましいとする、利害の判断による。

だがわたしは布由子の、その意識の薄暗い処に持つ望みを知っている。

長い選考の始まる前からわたしは召喚されていた。

わたしはイェリム・エスローン成瀬美礼、そして今は去った百合白のそれと等しい魂を持つからである。それは布由子の魂ではない。布由子が、目醒める少し前にだけ見出す姉の幻を自らの名に対比して「奈津子」と名づけて以来、わたしは布由子の内に棲む。

魂は、一人の身体にひとつずつ宿るのではない。まず一人の人の中に人格は複数ある。そして人格のそれぞれが魂を持つ。魂を持たない人格もある。

行末はわたしを呼び出す方法を知っている。それはPCのモニター上でも可能である。

指定の日時に行末から映像が送られる。布由子はそれを視聴することで半ば意識を失い、代わりにわたしが呼び出される。わたしは「思惟」に言葉を記すだろう。

いつかわたしの意識の内に二世の記憶もまた芽生え始めるだろう。

美礼ともわたしとも同じ魂の、宿り場所であった百合白、二世イェリム・エスローンは名を継いだ時、四十八歳の男性であった。その容姿は司祭たちが眼を疑うほど残念なものだった。具体的にはわたしに知れない。百合白が自身の容姿を激しく嫌い、忘却に努め、それに成功したからだ。そんな身体・意識の奥に宿ったイェリム・エスローンの魂は、しかし、性別にも身体にもかかわりなく聖なるものに近づくための言葉を記し続けた。

美礼の頃から、魂が魂の本然《ほんねん》であることは「身づから」と記された。司教たちの解釈によれば、それは自分自身のことをさす「自ら」と異なる意味の語である。

年齢性別さえ離れ　身づから　としてあることは、許し難く傍若無人な者たちの前でそれら、それらの卑しい発想すべてを、蔑み、ただ一人　否　と告げ続けることである。

本来世界からも必要とされていない贅《ぜい》を希《のぞ》み求める心の、その求める極みを魅《さそい》と呼ぶ。

身づから　とは贅であり贅を希み抗《あらが》い、魅にとらわれる者を言う。

またそして最も際立つ魅とは秘密《みそかごと》の謂《いい》である。それぞれに異なる秘密を持つことが　身づから　の本質である。あるいは、他と分かち合えない秘密を得ることが人を　身づから　とする。

秘密はそれぞれが　身づから　語るを惜しむ何かとして、密かに手渡された奇蹟の起源である。

二世の頃記された言葉である。魂が百合白の意識を介して伝えたものだが、今、それを知って見れば、意識によるやむを得ない願いもまたそこには見出される。

だがそう解釈するのは禁じられている。二世の身体については未来永劫伝えてはならないことだからだ。

代わりに、わたしは布由子に教えるだろう。身づからとして。

魂とは、何か、魂の本質とは何か。

布由子がおりおり聞いた深い音は闇をわたる魂の響きである。闇の奥に閉じ込められた音である。

深奥にある音とは、ただひとつの言葉の繰り返しに過ぎない。だからこそ、永遠回繰り返して発せられる一言の呪いと同じ、加熱された言葉は重みを求めている。ただひとつ。

そのただひとつの言葉を魂と呼ぶ。

イェリメの魂は、わたしという意識を経て、複数の言葉を残すだろう。

世は夜は、わたしの言葉で見出されねばならない。布由子を恐れさせた鈍い重さは世に夜に、ひと心分かつまま、立ち上る速さによって凌駕《りょうが》されるだろう。

布由子の抱くかけがえのない怯えは布由子に身づからを求めさせることだろう。

身づからは訪れる。身づからは、世に夜に、囁き続けるだろう。

だが、あるとき、精神科医を自称する人からこのように言われるかもしれない。

「あなたの言うお姉さんというのは、本当はいませんね？」

そのとおり、わたしは彼の意味するところでは存在しない。それを布由子はどう受け取るか。

あなた方の認識の層では存在しない意識も別の層では存在するものなのです、と答えることができるだろうか、そうでなければわたしは速やかに消え去るだけである。そのとき魂もまた魂消える。だからといって布由子が死ぬわけでも不幸になるわけでもないが、ただし、年収の三千万円は失うだろう。

わたしの言葉は布由子の呼びかけによって生じた嘘、この世この夜に異なる相の真をもたらす嘘である。この世この夜では虚偽でしかないわたしの言葉は、しかし、イェリム・エスローンの名のもとに記され、伝えられる。

限界がきた。

布由子は今度こそ本当に目醒める。そして約束された場所へ向かうだろう。そこで十五年前に設立された教団の主となることを受け入れるだろう。

足音が聞こえてきた。布由子の、そして布由子を導く、新たな音である。

06

縞模様の時間

小説には経験や修行や練習の成果といったものの生きる余地が大きいが、詩には、そうした要素によるところもありとはしながら、結局、仕方なく「才能」とでも言うしかない、その場一瞬、一期一会のような生成感が重要である。言葉の選び方や世界の捉え方によって受け取る者にそこで何かが初めて生まれる感懐を与えたとき、その詩はひとつの世界更新の歴史として記憶される。詩はそこに、詩の作者以外の誰にも見出すことの出来なかった、新しい時間を現出させたのである。

大蔦紀重《おおつたきじゅう》という詩人の言葉である。大蔦は詩人とされながら文章として発表したものは詩論ばかりで、詩集を持たずに二十四歳で亡くなった。

残された原稿は随分後になって一冊にまとめられたが、そこに詩は一篇もなかった。書き残した作品を優先する発想からするなら大蔦を詩人と呼ぶのは間違っている。しかし、大蔦を知る人は彼が常に発話の形で他者に自作の詩を聞かせ、それを書き残すこともなく、また聞き手が記録することも禁じたと伝える。

その言葉を信じるなら、大蔦がその詩論で語ったとおり、完全にライヴの詩人であり、彼が口にするそのときにしか彼の詩は成立していなかったことになる。

詩が個人的言語であるとする詩人はいても大蔦ほど徹底して記録を排除した者はない。だが大蔦は書くことを否定したのではない。彼が詩と認めた言葉以外の散文は注意深く保管されていたからである。いつでも一著を成すことのできるよう清書され整理されていた。その言葉が多くの詩人たちの心に届いたので現在も大蔦はたびたび引用され言及される詩論家として認識されている。

だが、では、彼の詩論の実践であるところの詩そのものを、その聞き手たちの記憶から再現できないものか、と、そうした意向を持つ詩人評論家編集者が幾度も聞き取りを重ねたが、これまでのところ、ごく一部を除いて思わしい成果はない。大蔦が亡くなったのは六十一年前、一九六〇年であり、その詩論が注目され、それによって大蔦自身の詩がどのようなものであったかを知ろうと望む人が現れたのは僅か五年前からである。気づかれるのが遅すぎたのだ。

大蔦の詩を直に聞き、それを記憶する人の多くは既に亡くなっている。ただその体験が幻惑的であったことだけが後の世代に語り告げられ、それによって大蔦が確かに詩人であったという言い伝えになった。とはいえ、僅かに憶えているという詩句を伝える高齢の人の言葉もあまり信用はできない。六十年以上前の記憶が正確とは思えないからである。

大蔦紀重の名は学生のおり一度聞いたことがあるが、ただ詩人にそういう名のひとがいたという以上のことではなかった。再びその名を耳にしたのは三十年後である。

大学卒業後、首尾よく入った中堅企業が昨年倒産し、失業保険と預金でかつかつ暮らしていた。結婚もしておらず既に家族もないのが不幸中の幸いで、低レベルの生活を維持すればあと数年はどうにかなるのと、いくらかは業界に知人はいるのとで、慌てず条件の良い再就職先を探すつもりでいたところ、梅雨が過ぎ七月が終わろうとする晴れた日、喪服のようなスーツを着た青年が訪ねてきて「ＩＥＣの志岐桐二《しきとうじ》」と名乗り、

「研《とぎ》先生からのご紹介で来ました」

と憶えのない名を告げた。

志岐もＩＥＣも、そこに示されたすべての名が初耳だった。

誰ですかトギ先生というのは、それとＩＥＣって？　と問うと、

「研史眼《しがん》先生は術者です。ＩＥＣはIerim Esraun Churchのことで私はそこの職員です」

と言われたが、まず「術者」とは何か。説明になっていない。Ierim Esraun Churchも意味不明だがChurchというからには宗教関係だろう。すると「術者」とは祈禱師か何かか。以前は確かに宗教団体とも仕事をしてはいたが、そこから自分が特定されたと知ると俄《にわ》かに警戒心が増した。

「知らない人から紹介されたと言われても信用できません。ザイン企画は去年倒産してわたしはもう関係ありませんのでお引き取りください」

と答えると志岐は、

「知らない人のはずはありません。斎建《ときだて》さんは何度かリレビルで研先生にお会いになっておられます。そのおりは役名で里命《りめい》さんと呼んでおられたでしょう」

「それなら知ってる」

イベント企画を扱う仕事だったので会場はいくつも知っていた。有楽町にあるリレビルはよく用いた。そこで定期的に研修会を開いていた綸正会《りんしょう》という神道系の新興宗教団体に、どうだろう、内部での言い方は知らないが、一般であれば「幹部」くらいにあたるらしい、里命と呼ばれている中年女性がいて、何度か顔を合わせた。新興宗教だがカルト臭はなく、里命も常識的な態度であったと記憶する。だが交渉係は別におり、里命とは挨拶する程度で名刺交換もなかったからそれが名でなく役職名だったことは知らなかった。

だったらよく耳にしたはずの呼び名を先に言え、と言いたかったが、なんとなくこの青年には、ものを伝える場合、本人にとっての正しい順序があって、常にそれを踏み外さないよう心掛けている様子が感じられた。そういう人は嘘をつかない。

居室に招き入れてテーブルを隔て座り、話だけは聞こうと応じた。

まずは問う。

「どうして里命さんがわたしを？」

すると彼の予期する順序に適《かな》っていたのだろう、過《あやま》たない明瞭な言葉で語り始めた。

現在ＩＥＣでは大蔦紀重という詩人の詩の記録を求めている。大蔦には詩集がないと言われていたが、最近、大蔦の朗唱を録音したカセットテープがあるという情報を得た。

そのカセットを持ち主から譲り受けてほしい。

研先生は以前研修会のおり知った斎建洋《よう》という人が録音テープの在り処を知っているとおっ

しゃった。それであなたに依頼しに来た。大蔦紀重の詩の録音を手に入れＩＥＣに提供してほしい。費用は。

　ここで口を挟んだ。

「テープの保管場所なんか知らないし、そういう録音があることも知らなかった」

「豫登美《よとみ》教授はご存じですね」

「卒論指導教官だった」

「豫登美教授がテープの持ち主です」

「それなら先生のところに頼みに行けばいいじゃないか」

「行方不明です」

「それはまた……だが、どうしてわたしが先生の居場所を知っていると言うのか」

「あなたは大学在学中の二年間、豫登美教授の愛人だった」

　そういうことまで知られているなら仕方ないが、といって何も疾《やま》しいことでもなく今更隠す気もない。まだまだ同性愛者が生きやすい世とは言えないが、ともあれ必要のさいは表明できる立場にいる。憂う家族もないし偽装結婚をしているわけでもない。その上、今は無職であって職場での立場も関係ない。

　だが、だからといって、やはり録音テープの在り処など、自分が知るわけもない。

「短絡的だ。三年と四年のとき付き合っていた。だがそれだけで、特別に秘密を教えてもらったわけではない」

「いいえ。あなたは一九九一年の夏、教授と涼野《すずみの》へ行きました。そこで津輪弥木亭《つわやきてい》という宿に泊まった。その宿に滞在していた客から何か聞いた。これを聞いたのはあなただけです。ここまではわかりました。内容はわかりませんでした。そしてそのあなたが知った情報によってだけ豫登美教授の居場所を探すことができます」

ようやく呑み込めてきた。すなわち人探しであり、それはわたししか手がかりを知らず、それで依頼しに来た。だがいったいここまで詳しく調べ上げることができるのはどういう手立てによるのか。しかも、そこまでわかっていて肝心の情報は得ていないという。アンバランスである。確かに耳にした話はあるが、ここでそれを相手に教えることは避けた。

「何か聞いた気はするが、しかし随分前のことだし、正確とは思えない。それで先生を見つけ出すことができるかどうか、まるであてにならない」

「了解しています。ともかく探していただけますか」

「報酬による」

「前金として二百万。これはもし先生が見つからなくても返却の必要はありません。先生の所在が確認でき、テープを譲り受けてもらえたら成功報酬として一千万お渡しします。なお振り込みではなく、そのまま手渡しします」

「あなたたちの団体は宗教法人か？　大したものだな。……そうだ」

訊くべきことはまだある。

「どうしてそこまでして大蔦紀重の詩を求める？」

「私たちが聖典とする文書の中に、大蔦紀重の残した詩句と一致する部分があると言う人がいました。聖典は大蔦の死より後に書かれています。私たちは記録された言葉を重んじます。教主の言葉が、先行する詩人の言葉を用いて書かれたのだとすると、私たちはその原典を知らねばなりません」

もうひとつ尋ねてみた。

「依頼を引き受けてそのまま何もしなくても二百万もらえることにならないか？」

「あなたの行動は逐一報告されます。私たちの持つ情報ネットワークはあなたのごまかしを見逃しません」

厭な展開になってきたと思ったが、これはすなわち引き受けようが引き受けまいが監視は続くということで、すると受諾以外に選択肢はない。気分はよくないが上手《うわて》の相手に無駄な抵抗はしないことにして、金を得られるのであればよしとした。

「了解した。引き受ける。まず前金をもらおう」

志岐は鞄から茶封筒を出しテーブルに置いた。中をあらためると確かに二百万ある。

「必要経費は？」

「後で請求してください。支払います」

翌日もよく晴れた。木々巣《きぎす》という地を目指した。

私鉄庄郷《しょうごう》線急行で目的地へは二時間近くかかるが、幸い、よく空《す》いている。指定席にゆっくりと腰かけて、このたびは、やや面倒とはいえ丁度良いアルバイトではないかと考えながら、やはり不審は募る。

数度挨拶しただけの里命さんという人がこれだけ自分に詳しい理由はどうだ。

だがそれは里命さんを起点に考えるからわからないのだと気づいて、逆に、豫登美先生の記憶から辿った。

一九九一年夏、三十年前だ。当時、豫登美信彦《のぶひこ》教授は五十三歳である。社会学部長であった。バルト、フーコー、レヴィ＝ストロース。こういうところに詳しかった。当時はそれらの学者・文学者らの思潮を構造主義・ポスト構造主義と呼び、またデリダ、ラカン、アルチュセール、ドゥルーズ、ガタリといった学者とともに「ポストモダン」の思想家と呼んだ。それはそれなりに学問的価値があったのだろうが、最近は語られることが減った。

自分はフーコーの牢獄に関する論文を翻訳で読んで適当な卒論を提出した。

豫登美教授は若く見えた。また「ニューアカデミズム」の学者として多くのメディアに顔も名も出ることの多かった教授には当時特有の輝きが感じられた。「高級な学者なのにポップ」と言われた。それはすなわち本来普通人の近寄ることもできない知の牙城に住む人が敢えて一般大衆の前にまで降りて来たからこその尊ばれ方である。常に落ち着いた声音、知的・リベラルそしてブルジョワの高級さが学生には憧れられた。既に自身の性指向を自覚していた中でそうした極上エリートから誘われれば一も二もなかった。誇らしかった。

そう感じる男子学生は多く、豫登美教授の周囲にはいつも複数の青年がいた。自分が唯一でないことが残念であった。

であれば、ひと夏だけとはいえ、数日の独占を許されたことは喜ばしかった。

「避暑に行かないか？」そう言われて、涼野高原にある津輪弥木亭に滞在した。そこで教授は例年、ただ一人の学生と過ごすという。その年はわたしが選ばれたのだった。

津輪弥木亭はかつて名のある文人が多く夏を過ごした宿である。当時も作家の飛鳥井《あすかい》寿郎《じゆろう》が同宿にいた。二十一歳で芥川賞受賞の後、数年前に谷崎賞、川端賞を続けて受賞し、読売文学賞、文部省芸術祭賞も得、いずれはノーベル文学賞受賞かと言われていた人だ。豫登美教授は飛鳥井氏とも親しかった。そして飛鳥井氏もまたわれわれと同じセクシュアリティの人であった。

広壮豪華な和建築の宿で数寄《すき》を凝らしたもてなしは忘れがたい。教授はそこで常らしい優雅さとともに他で見せないあけすけな態度を示した。だがそれらは自身生涯の勲章とするのみで敢えて語るには及ばない。

滞在最後の日、たまたま広間に一人いたとき、飛鳥井氏が近づいてきてこう言った。

「きみは豫登美君より強いね」

「どういうことですか？」

「おそらく豫登美君は離れてゆく。だがきみには受け取るべきものを受け取る資格がある。もし思い当たることがあれば行きなさい。木々巣の祥明寺《しようみようじ》で名を告げればいい」

「はい」と、わけわからないまま、ただ答えた。

飛鳥井氏は、

「よい文学のために」

と言って部屋へ戻っていった。このことを豫登美教授には話さなかった。

理由は知れないが、避暑地から戻った後、豫登美教授は必要以上にはわたしにかかわらなくなった。卒論指導が滞《とどこお》りなく進み、論文が受理され、卒業が決定した後は目立って教授から避けられるようになった。

しばらくの濃厚な関係の結果、相性が悪いと判断されたのだなと思い、胸が痛くはあったが仕方のないことと思い決めた。就職先も教授からの推薦であったから恨む理由はない。よほど感謝して当然のことなのだ。だが、夏以来、事務的な必要のさい以外には一切の個人的連絡が絶えたのが無念であった。

わたしと交代するように教授から寵愛され始めた一年下の中松という好青年を憎みもした。とはいえこれは自分に対してだけのことではない。毎年、新しい青年を見出しては避暑地に誘っていた豫登美教授という人がそもそも冷淡なハンターだったのだと思うことになった。中松も来年には棄てられる。そう考えれば憎さも薄れた。

自然、社会人となって後はこちらからの連絡は控えたし、教授からの便りもないまま、マスメディアに登場する様子をときおり見かける以外ほぼ無関係となって今に至る。二〇〇〇年代になってからは豫登美信彦の名が学術・芸術雑誌に見出されることがなくなった。著作も一九九八年以後はない。身体を壊し長い療養を続けておられるという話を一度、どこかで聞いた。

自分の方はというと、二〇一八年春には生涯をともに誓い合った恋人がいたし、仕事も悪くはなかった。だがその年、彼が事故で亡くなり、次いで勤め先が倒産し、一挙に生きることを果敢《はか》なむ日々が来た。

だが思うまい。

今は大蔦紀重の記録を、しかし、豫登美教授からその名を聞いたのは本当に一度だけだ。

「大蔦紀重という詩人は徹底して音声だけの詩人だった。印刷された詩集はない。だから私自身が耳と身体で聴き体験した記憶が大蔦という詩人のすべてだ。それは再現できない」

ソシュールにかかわる記号論の講義中にふと挟まれた余談のようなものだった。

その大蔦の発話を、教授は録音までして所有していたのだろうか。だがその行為は、直接の体験だけが大蔦という詩人のすべてであるという教授の見解に背くものではないのか。

いやそれよりもっと現実的な問題がある。

志岐は「カセットテープ」と言った。一般にカセットテープと呼ばれるコンパクトカセットが発明されたのは一九六二年である。一九六〇年に亡くなった大蔦の言葉がカセットテープに録音されたはずはない。

いや、オリジナルはオープンリールだったが後に利便性を考え、カセットに録音しなおされた、とか、そもそもカセットテープというのが間違いで正しくはオープンリールである、とか、そうしたことは考えられる。だが、複数の理由からどうも嘘くさい。

実際にはそんなものはないと思う。

これも大蔦紀重という秘教的な詩人にまつわる伝説のひとつではないか。

であれば、それが事実ではなかったと、ある程度の信憑性のある情報を持ち帰ればそれでこの仕事は終わりである。一千万は逃すが、二百万円分のアルバイトだ。既に受け取っている。悪い話ではない。

そう考えが落ち着いて窓外《そうがい》遠くにうかがわれる山の青を眺め始めたところで、そろそろ木々巣駅が近かった。

飛鳥井氏の言葉は何だったのだろうか、確かに聞いたことだが、今ではもう確認できない。飛鳥井寿郎は一九九三年、薬物によって自殺した。

享年五十五。理由は今も知れない。ノーベル文学賞にノミネートされたと言われながら受賞を逃し、そういったことが三年続いた後だった。といってノーベル賞が取れなかったことを自殺の理由とするのはあまりに馬鹿馬鹿しい。

わたしが知る飛鳥井氏は津輪弥木の宿で二言三言言葉を交わしたその時だけなので、内情などわからない。作品は順調に発表され文壇の評価は高く、孤独な青年たちの優雅な都市生活を詩的に描くその小説は一九八〇年代から若者に人気が高かった。早い頃からカミングアウトしていて、恥じることなく男性の恋人と暮らしていた。相手との不和は伝えられていない。健康に問題ありともされていない。どこかに深刻な隠蔽があるのかも知れないが、外部から見る限り順風満帆、絶頂と言ってもよかった。

ただひとつだけ、ある女優が飛鳥井の死の十年ほど後、雑誌のインタビューに答えてこんなことを伝えていた。

「飛鳥井さんとは父が親しかったので何度かお屋敷に招かれました。あるとき、海の見えるベランダで、飛鳥井さんはわたしにこんなことをおっしゃった。『おじさんは綺麗なものを全部見てしまった。だから死ぬんだよ』自殺なさったのはその一か月後です」

その言葉がいくらか飛鳥井の作風に似合っていたのでその後もしばしば語られることになったが、本気にはできない。ある本来の理由があって自死を決意したが、たまたま知人の幼い娘を相手に戯れを語って聞かせただけだろうと思う。あるいは死後の伝説化を意識していたか。

静かに列車は停止し、左脇に木々巣駅のプラットホームがあった。降車の後、改札を出て駅前に立つと最初にハンバーガー店の字の赤色が見えた。高い駅ビルのたぐいはない。正面には広場というほどもない、いくらかの広さを擁した丸い領域が庭石のような石で規則正しく囲い込まれ中央から棕櫚《しゅろ》の大きな葉を茂らせていた。

向かい側にはハンバーガー店の他、青いマークのコンビニエンスストアとクリーニング店、ドラッグストアが並んでいた。予《あらかじ》め確かめたところではここから西、眼前のアスファルト道路を、乗って来た列車の向きで言うなら先頭側へ、今立つ自分の右手側へ進み、よほど行って一箇所曲がれば祥明寺に辿り着く。

道路はしばらく鉄道沿いに続き、やがて線路の脇を離れて山の方へ向かった。正面となった山に盛り上がる目の詰んだ緑が重かった。

顔を上げれば雲の白が鮮やかで、青空の斑《まだら》が光っている。

老年近い男女何人かとすれ違った。

左側には民家に交じってときおりスナックやスーパーマーケットとその駐車場といったものがある。少し行けば右手には日に輝く畑が出始めた。夥《おびただ》しい雑草に領された空き地らしいところもあって、自動車が三台捨ててあった。

ふと左に「氷」とかかった看板があるのがわかった。

そこを過ぎるとほぼ民家でどれも青みのある瓦にテレビアンテナが立っている。

狭い川が見え、堤にはいくつもの木立が並んでいた。小さな橋をわたると左右に田が広がった。

右手遠くにぽつりと、おとぎの国のような三角屋根に小さい赤青の旗を揺らす保育園があった。

山からか、木立からか、わんわんと蟬の声が強まってきた。

舗装は変わらないがここからは田舎道と言ってよかった。両側にコンクリートで固めた溝があり、覗けば泥色の浅い水底にザリガニらしいものがいくつかいた。両脇から、あまり真っ直ぐなもののない幾条もの農道が蜘蛛の巣のように広がっていた。

大きくうねった道を過ぎると、そろそろ山の右側斜面に大きな堂の屋根と門が見え始めている。

もう一度空を仰ぐと雲の領域が減っていて、日の激しさとともに空の青みが身に刺さる。無辺の地にいる蟻のような心地を得た後、いくらか心を鎮めながら山脇を目指した。

道路が山を迂回して続くのが認められたあたりで右に山道が出、そちらは舗装路でない。坂が始まり、両側から大きな樹の枝葉が迫った。太い幹には白と淡い緑や青や、ときに毒々しい黄色の苔がはびこっている。わさわさと緑の髪のような地衣類を生《お》わせているものもある。路傍にはほとんど花弁の落ちた草花が突き立っている。それらを眼の端に置きながら歩幅を大きく動かしてゆくが、道の凹凸にやや歩みが滞る。

頭上の空が左右の大木たちの枝に一部遮《さえぎ》られ、いくらか湿度のある翳《かげ》りができている。道の起伏に日の当たるところでは激しく明るみ、木蔭にあるところは涼しげにゆらぎ、その木蔭のひとつに入って少し足を休めた。蟬の声はいやましに耳を圧する。夏の草木の匂いが満ちている。憩《いこ》うているすぐそばの枝に大きな蜘蛛の巣があった。

もういくらか身を励まして、遂に祥明寺と書かれた瓦屋根付きの門の前に辿り着くと、一旦背を丸め、そして反らし、大きく息をして左右に開かれた大扉を過ぎた。

正面に本堂、右に鐘、左に堂から続く屋根があり、足元の四角い敷石が苔の中、本堂まで真っ直ぐに導いている。

暗灰色の瓦屋根が左右に羽ばたくような本堂の前、数段の石段を上がり、続く木の段の先、開かれ、奥の暗い中に多々蠟燭の灯って見える前で訪《おとな》いを告げると、ほどなく仏殿を巡る左の回廊の奥から黒衣を着た若く背の高い僧が出て来て「お名を頂戴します」と言った。

「斎建洋」と答えると「どうぞ」と正面から本殿に招き入れられた。

靴を置き、段を上がって青年僧の後に続いた。香の漂い、至るところ蠟燭の火に金の仏具の光る中、座す大きな仏像を右目に、脇の回廊を通って裏まで回り、奥にある八畳ほどの間に案内された。

「承っています」と言い、座した僧は深く低頭して、緑に金模様の紋縁《もんべり》の畳の上に濃紫の座布団をすすめた。

「茶をお持ちします」と言って若僧《にゃくそう》は障子の向こうに去った。

正面にある床の間には、何列にもわたって規則正しく書かれた経文の中の特定箇所だけ文字を空白にして、離れて眺めると白抜きの部分が「南無阿弥陀仏」と読める、大きな掛軸がかかっていた。経文は阿弥陀経だろうと思うがよくは知らない。軸の前に白い花が活けてある。

しばらくすると若僧が冷茶を運んできた。ここまでの汗の分、ありがたかった。

「住職がお会いします。しばらくお待ちください」と言って、またも若僧は立った。

障子を通して来る明かりのほかに光源のないほの暗い中にぽつんと残された。

戸の外から届く蟬の声は変わらず耳に満ちている。それが何か告げ知らせようとしている無数の群集の声のような気になった。

そのまま寝入るように意識を薄れさせていると時間も不明になり、どれだけ待たされたのかされなかったのか、脇から「住職がお待ちです」と声がした。

「恐縮ですが別室においでください」という言葉とともに、再び若僧に導かれて部屋を出、客間に行くかと思うと「段があります。お気をつけて」と言われ、回廊の奥の行き止まりのところから地下へ向かって始まる木の階段を下りた。

外の明るみから隔てられ、徐々に蟬の声も遠ざかっていった。ひんやりと薄暗い中、前に立つ僧の青々とした頭頂を見おろしながら、どこまでゆくのか、階段の終わらなさに驚いている。そして灯がない。進むほど暗さは増した。

地の底に。そんな言い方をしたくなるような道行を、ただ前方に歩む背高《せいたか》の影が、果たしてさいぜんの青年僧であるのか、何か知れないものであるのか、心許ない。

ようやく階《きざはし》が尽きて、足の裏に頼りある平たさが続くころにはほぼ視界は閉ざされたように暗かった。見たところ特殊には見えなかった山寺にこんな深い地下蔵のような施設があるというのが信じ難かった。

「もう少々、お願いします」と前を行く僧の声が、いささかの気遣いを感じさせたのは思い過ごしだろうか。手灯りもなしに、広さもよくわからない板張りの地下回廊を進み、「ご注意」の声とともに一回、右直角に曲がると、もうそこは本当に真っ暗だった。

前方で、ごとごとと戸を動かす音がして、「どうぞお先へ」と青年の声があった。

戸の奥らしいところへ進み入ると、背後から「そちらに住職がおります」と再度同じ人の声が届くとともにまたごとごとと戸の音が聞こえた。閉じられたらしい。

やはり何も見えない。微かに何かの花のような沈んだ香りがあるが線香のそれではない。音もない。こんなもてなしは聞いたこともない。立ったままやや考えていると、

「もう少しお進みなさい。座布団が敷いてあります」

という低いしわがれた声が正面二メートル先あたりから響いた。なにがなし、焦げ茶色の声

と感じた。

おずおずと歩を進め足先に座布団らしいものが触れたので乗って座り、

「ご住職でいらっしゃいますか」と問うと、

「はい。じょうせん、と申します」と答えがあった。「浄泉」と字を当ててみたが正しいかは知らない。

「あのう、どうしてここで?」とつい、何より先にさいぜんからの疑問をあらわにした。

「視覚を遮断して聴覚だけを受け取っていただくためです」

と言われたが、それで疑いは去らない。必要の意味がわからない。何を受け取るのか。

和尚は続け、

「しばらく、こうして声だけでやりとりをお願いします」

と言った。理由はわからないが、ともあれ受け入れてくれた上はこの寺の作法に従うことにした。

「このたびは」と一通り礼を告げ、その後、

「飛鳥井寿郎さんからお教えいただきました。わたしの師、豫登美信彦先生の消息はお分かりでしょうか」

と問うた。

「豫登美さんはお亡くなりになった」

と返答があり、

「当寺で菩提《ぼだい》を弔っております」と続いた。

あれだけの有名人が亡くなって新聞にも出ないというのが怪しいが、嘘でもなさそうなので思い深く一時《いっとき》、無言になった。

「飛鳥井さんもこの寺の持つ墓場に眠っておられます」

それだけ言って浄泉和尚もまた黙り、こちらの心の収まるのを待つ様子である。

何分か、闇に無音の状態を経て、思いきって尋ねた。

「IECというところから、こちらに大蔦紀重の詩を録音したテープがあると聞いてきたんですが、そういったものはご所蔵ですか」

カセットテープというのが信用できないのでこう言った。

「ありません」

と聞いて、やはり、という以外の感想はなかった。豫登美先生が亡くなっていたというのも、案外そういうこともありはしないかと考えていたものだし、そもそも大蔦紀重の声を記録したテープなど最初から疑わしいだけだった。不在が証明できないのが困るのだが、志岐が言うほどの、彼らの「情報ネットワーク」であるなら、自分が祥明寺を訪れたこともテープはなかった事実も了解されるはずだろう。そう思いたい。

これで役目は終わりだなと、いくらか気を緩めたとき、和尚が言った。

「せっかくおいでいただいたのだ。今少し、お話をお聞き願いましょうか。豫登美信彦さんのこと、それから飛鳥井寿郎さんのことなど」

何かは知れないが、ここで知ることの出来るだけは知っておきたいと思った。

「お願いします」

「その前にまず魂について少々申します。本来、仏教では『魂』というものの存在を認めません」

何を言い出すかと思えば、だが、言葉を挟むことは止めた。

「ですが、世界へのある根深い思い込みが意味を作り因果を作ります。魂によらず因果を引き起こすもとをわれわれは阿頼耶識《あらやしき》と呼びますが、それはよい。ここに、魂はあるという決めつけに囚われた人がいたとします」

いよいよ先がわからず、ただ聞く。

「しかもその人は魂の性質を、そうですね、言ってみれば肉食の動物のようなものと捉えていた」

こうして浄泉和尚は語った。

魂がある、ない、はすべて人の思惑のもたらした判断である。正統仏教では「ない」とするが、神道でもキリスト教でもその意味合いは異なれ、魂は「ある」としている。

そこに正誤を決めることはできない。だがあるにせよないにせよ、そうした起点から世界観の構築が始まる。仏教的思想でもそれは例外ではない。

「仏教も、実際には仏教という名の迷妄でしかありません。しかし、迷妄によりながらもそれすべてを迷妄と悟る瞬間が訪れるのであれば、そこに仏教の意味があります」

ここで間があり、ややあって続いた。

「豫登美さんも飛鳥井さんも、魂を信じる人だった。しかも」

声は抑揚に乏しく、やはり焦げ茶色に聞こえた。しかもそれは古び、干からび、木目の浮き出た板戸を思わせた。

「彼らは、魂に強弱があり、強い魂は弱い魂を食うと考えていた。それを彼らは『魂喰《たまく》い』と呼んだ」

するとそこで飛鳥井の言葉が想起される。

「あなたは、豫登美先生の魂を食う者と思われたのです」

いきなり血まみれの衣を被せられたようだった。

「そんな憶えはありません」

「あなたにはまるで知ったことではないのです。豫登美さんがそう思い込んでいただけです」

相変わらず視界は暗く、声は重い。その伝えてくることと言えば、「魂喰い」と、何やら、大声でもあげたい気がする。だが耐えた。この真っ暗な中で、さらに奈落の底の底へも、行ってみようと思った。

「飛鳥井さんが生前言っておられた。豫登美君は毎年、有望な青年を見つけてはその魂を食って良運を得た。青年たちは生命力を奪われ、一方、彼は学者の社会で成功し続けた。だがあるとき、自分の方が食われてしまった。それから彼は徐々に衰えていった」

また沈黙。考えさせようということなのか、意図は知れない。

和尚は呼吸を整え、また少し口調を緩めたようにして再び始めた。

「思い込みです。魂がある、どころか、魂が魂を食うなどと。だがそれを信じる欲深い者たちは、自身の望むところを得ようと、こうした呪術のようなことを考えるわけです」

「魂を食うなんて、どうやってですか」

「私が体験したことではないが、豫登美さんは、ともかく相手の近くにいることでそれができると考えていたようですね。特に何かしなくても、ごく身近に何日も暮らすことで、強い魂は弱い魂を少しずつ食い荒らしてゆくと」

「それでは、人との親密な関係がすべてそういう食い合いということなのですか」

「そのように、聞いています」

無残な世界が見えた。地獄とはそういうものだろうか。だが自分の知る構造主義哲学者、豫登美信彦教授がそんな「未開人」のような発想にとらわれていたとはとても思えない。

「豫登美さんはこの暗闇の中で私にそう語りました。自分は負けたのだと」

すると、飛鳥井寿郎も同じ考え方だったということは、いや、彼は確かに余人の及ばない成功者でそれを他人の魂を食い尽くして得た運のよさだと、言えば納得する人もあるかもしれないが、しかし、彼にはともに暮らす大切な人がおり、そして聞くところ、その人が衰えたとか死んだとかいう話はない。身近に長く暮らしていれば相手の魂を食い続け、それによって相手は命を削られてゆく、とそういう話であるなら、それは全然違う。

と、思ったが、ふと、こんなことが考えられてきた。

豫登美教授は、もともと冷酷な人で、他者から略奪することに躊躇《ためら》いはなかった。だが、飛鳥井氏は、同居する愛人の魂を食い続けることに耐えられなかった。魂の食い合いは、おそらく自分では制御できない。

飛鳥井氏の自殺は、愛する人からそれ以上生命力を奪わないためでなかったか。

長らくその人は飛鳥井氏に魂の何かを食われ続けていた。そして遂に彼に生命の危険さえ見えてきたとき、飛鳥井氏は考えた。この人と別れて暮らせば彼は助かる。だがそれは自分にできない。しかしともにいれば彼が死ぬ。ならば自分が死ねば彼は助かる。

どうだろうか。そのパートナーの意向もわからないし、そもそもが今聞かされた、とても信じがたい話からの想像だ。

「揺れておられるな。嘘であっても聞いてしまっては平静でいられないことがあります」

和尚が言いかかる。あなたのせいで大いに揺れています。なんとかしてください、と言いたかった。だがそれは浄泉和尚のかまうところではないだろう。

「どうしてこういうことに」

とロに出た。

「視覚が閉ざされていると、何やら日頃の当たり前が稀有のことに感じられはしませんか」

答えはなく、こんな言葉がきた。

「近年は夜も街燈があって街中にいれば真の闇には浸《ひた》れない。ですが、明るみの場と闇の場とで、双方伴いつつのこの世ではありませんか」

視覚障碍者であったら、とそういうこともふと考えたが、違う、どうも、ここで明暗というのは比喩で。

「時間をお考えなさい。それは明るみのところだけで進むように見えて、影のところを忘れてわれわれは暮らしている」

「影を思えとおっしゃいますか」

「わざわざお思いにならなくてよいのだが、影ありと、それだけ知ったならいくらかその生は違ってくるかも知れません」

「ええ。何かあるとはわかりました」

「もうひとつ、言い忘れておりましたが、豫登美、飛鳥井、おふたりの共通点はどちらも大蔦紀重が詩を語るのを聴いたことがあるということです」

「それは？」

「いえ、それだけです。そして」

言葉を強め、

「まだ、おわたししていませんでした」

この上、何を？

「おいでになったのは大蔦紀重の詩の件でしたね。録音はありませんが、この場限り、大蔦紀重の詩を聴くことはできます」

驚き、

「どうやって」

「ただここでお聴かせするだけです。ここでならいつでもどれだけでも可能です。なぜなら」

僅かの間の後、こう続いた。

「私が俗名・大蔦紀重だからです」

嘘である。今日最大の嘘だ。まずそう思った。そんな嘘をこの自分に聞かせてどうしたいのか。だが、ここで何か大きな断裂が生じたような心地を得た。奈落の底で。

「大蔦紀重は六十一年前に亡くなったと聞きました」

「六十一年前のことだからこそ、正確に知る人がいなければどうにでも言いくるめられましょう。私はこの世の明るみしか見ない習いに愛想が尽きて、ここに、この暗闇に、六十一年棲むことにしたのです。そのためにいくつか、世に自分が死んだと思わせるための仕掛けを施しました。著名でなかったので容易《たやす》いことでした。

とはいえ」

また一呼吸あって、

「ここで大蔦の詩である、として私から聴かされた言葉が、外の明るみの中で真正のものと考えうるとも言えません。なんの証拠もないのです。お聴きになりますか？」

全く今、暗がりの時間にいるのだな、と思った。「明るみの中では」無用の虚偽の、そもそも最初から目に見えない、無意味の時間がここにある。

ではいただこう。影の中でこそ聴く。豫登美教授と飛鳥井氏が、陽のあたる下で思うならただ馬鹿馬鹿しい、蒙昧《もうまい》な呪術的発想を育てたのは、定めて大蔦詩の経験あってのことだろうと、これも影の中でこそ埒《らち》もない憶測が進む。

憶測なのに確信している。あるいはまた、彼らのように八〇年代から九〇年代、洗練を極め知の高みに立って憧れられた文化人らの多くが、内心に邪教徒の発想を保っていたのではないのか、他者の魂を食って栄えようとしたのだと。そう信じていたのだと。知識人たちの輝かしい表側からは見えない謬見《びゅうけん》が影の時間で、いや決して魂喰いなど、そんなもの事実ありはしないでも、その愚昧《ぐまい》な思い込み、その愚の力あっての知的栄達であった、など。

光の下に戻った時、志岐青年に伝えるがいいだろう、自分は、魂喰いだと知った。

豫登美先生の魂を食ったのは自分である。これからも存分に他者の命を喰らって生きようと思う。など。明るみの中でそれが伝わるかは知らないが。そもそも自分が、光ある所に出てまでもそんな迷妄を保ち続けているかどうかも知らないが。

「お願いします」と答えた。

そして朗唱は始まった。

07

かけらの生

一言が降りた。

ただ一言がわたしを用いる。

霊と呼ぶか魂と呼ぶかは違わない。だが「心」ではないものとして、身体と心を持つ者の深《しん》奥《おう》に、いや場所など分かりはしないが、ただ語られる折には必ず「奥」にあるとされる霊、魂、その核にある一言がわたしを決める。

このときわたしが降り立った身体はきわめて、当人の心が認めるには、無様な形態であったそうである。身体、容貌、それは何をもって優劣とするのか、怒りに似た言葉が、その心から涌いた。

かくあることを呪う。

それはわたしが降り立ったことで招来した呪いである。その心は、わたしという霊魂を得たことで、考えてもこなかった自らの醜さを認めた。

わたしの関知するところではないが、わたしがその奥に座を占めている、と、そのように意識する心は、こうして世界を呪う根拠を手にした。

心にとって最上の真である魂、わたしのことだが、それにすべての価値と意味を託すこととした心自身にとって、わたしという魂は高みであり極みである。そうあらねばならないとその心は、決めている。

ならば高みの果てにある自身は、心の求めるほどの高貴の前に他者をかしずかせるほどの威《い》ある身体を持たねばただ屈辱にあるばかりである。

この心にとって、この世界に女性であれば、威とは必ず容姿の美のみと決められる。その決定に、この心が自身の志向を委ねている。

何ゆえの怒りか屈辱か。それはとある心理分析家の説明を借りるなら、男性の意識の下にある魂は女性の形をとる、という理由による。

男性という性自認がいかほど重みを持つのか、その場合でも性愛の対象が必ず女性となるわけではなく、分析家の見解が普遍的とは言えない。だがわたしの降り立った心の持ち主は、世にきわめてノーマルな男性と言えたもので、それならば保守的な性意識によって説明されることも間違いでない。

魂に性別はない。

だがそれを認識する意識が、自身の性別を、社会に認められうる凡庸な形と認め、安定した自認を持つ限り、意識の奥にあると仮定される魂は意識の自認する性別と逆の性を持つ。持つ、と意識が予《あらかじ》め期《き》する。

本邦にありかつ最も凡庸な性意識の四十代男性にとって、自らにあるべき女性とは、大方、十六歳以上二十四歳以下の細身で美貌の娘であったようだ。わたしの降りたところの心は、さらに限定的な、十七歳の美少女を要求した。

それが意識にとって微かな予感に留まる限り、ときおりの夢に淋しく悲しい影がさし、生活の端々に自ら語りえない偏差を示すに過ぎない。

だが、その男性の意識は、もう少し深い領域に踏み込むことで、自身の魂が自身の意識の在り方とは対極的な狷介《けんかい》さを持つと知ったのだ。

彼は、彼の魂であるわたしを、あらゆる世事に拒絶的な若い女、敵意に満ちた少女ととらえていた。それが自身の本質であると、わたしから言うなら誤認した。

世事を蔑《なみ》し、世の序列の無価値を確信する根拠は、その娘が、世の誰一人にも並びないほど美しいからである、と彼は、意識の前段階くらいのつまり無意識の俗情によって予め決め込んでいた。俗世を超える資格を持つには限りなく美しく、誰も逆らえない美という権力が必要で、美をもって他者を踏みつけにする高慢をわたしに見たということだ。世界以上の者は世界を投げ棄てることを躊躇《ためら》わない。

知ったことではない。わたしは彼の所有物ではないからだ。だが彼はわたしを自身の陰画と見なし、そしてまた彼が美少女と想像する者に、ある、あるとすべき、強硬な自尊と自らの美貌に負う他者への見下しを必要と決めていた。

その上で、彼の貧しい想像力の法則によるなら、世界を睥睨《へいげい》する、限りなく美しかるべき少女は、翻《ひるがえ》って彼自らの身体の無様な有様に激しい屈辱と怒りを感じたということである。

再度わたしの知ったことではない。だが、わたしという、魂の名のもとに美少女であるべき自身を垣間見てしまった彼にはその貧しい誤認を留めることも放棄することもできず、そこに、過《あやま》って醜い肉の中に閉じ込められた王女である自分という自己像が生じる。

王女である根拠も美少女である必然もない。だが、彼はそう信じた。それは彼の生きる意識の偏りが指し示す物語によった。

魂それ自体は何もしない。だが、意識の偏りによってその形が想像され、その想像は決定的な偶像となってその想像者を支配する。

いにしえの賢者が偶像崇拝を禁じたのはこれが理由である。

彼は実生活上の名を仮のものと決め、新たな、自らの魂にそぐわしい名として「百合白《ゆりしろ》」と名乗った。

少し前から、ネット上に成立する宗教団体、と呼ぶべきか、そこに「のようなもの」と加えるべきか知らない、何かそうした電子記録上の文字のやりとりだけによる信仰の探求と告白を旨とするコミュニティがあり、そこに所属していた彼は、百合白の名で、その教団員用掲示板に、あるときからわたしの言葉として数々の見解を記し、瞬く間に支持者を獲得した。

あまり間をおかず、その団体、イェリメ教団の構築者を名乗る人から面会の要請があった。

イェリメ教団はその始祖発言者が数か月前に死去したことにより、新たな教祖を求めていた。そこに百合白が始祖と等しい激烈で呪詛に満ちた言葉を発するのを見出し、あるいはこれが始祖の魂を受け継ぐ者ではないかと、構築者らは考えた。

それが当たっていたかいなかったか、わたしには知れない。

だが、イェリメ教団の文脈に添う事実があった。

百合白を名乗ったとき、彼は、どういう意図か、教徒用の掲示板にこう記した。

おろしへしあながらちははさふぐやたよつ。

未だ誰もその意味を知らない。百合白も自らはその意味を解かない。

だが、このときまだ存命であった始祖は、この言葉を見て、これが自身の魂の後継者であると決め、百合白に直接、電子メールで自らの名前とともに後を託す旨を伝えた。そして自殺した。

始祖のメールアドレスは公にされていない。またその本名も六人の主部構成員以外には知らされていなかった。すなわち、百合白は、始祖、成瀬《なるせ》美礼《みれい》その人から後を託されたのだ。

この一言によって、わたしという少女神が降り立った。と、教団員は信じた。

主要六人は、百合白に、教団本部へ来てその事実を示すよう求めたが、しかし、このとき、百合白は、ウェブ上にのみ成立する宗教団体であるという教団の理念から、出頭を固辞した。魂にそぐわない自らの身体を他者の視線に晒《さら》すことを憎んだのだ。

だが主部構成員は教祖の存在確認のないままでは教団は解体するゆえ、世代交代の儀だけは別例として認めよと強く求めた。百合白は、ならば、自分の身体について一切の記録を残すな、と伝え、教団主部はその要求を呑んだ。

記録には残していないが、全世界に対峙する最高位の王女であるはずの百合白の容姿には誰もが失望した。

しかし、魂をこそ求める教団であってみれば、魂の光輝に身体は無縁であると認めていなければならないはずであり、言葉を伝える器でしかない身体の美醜に思わず強い反応を示してしまった自らの俗物性を、後に彼らは皆、いたく恥じたと伝える。

その経緯とは別に、百合白の言葉は、変わらず始祖と等しく世界への洞察に富み、教団員を導いた。

と、主部構成員たちは認識している。

それがいかなるか、降りた言葉が見せる聞かせる嗅がせる触れさせることのあらわれにはさかしらのとどくところではあらず、だが、かろうじてここに、語って、聴かせて、さしあげる。それは空《くう》なる夢、この世から外へ届こう、そして垣間見る、夢の外の眺めである。魂の指し示すうつしみならぬ真、真なる夢の光景をここより伝える。百合白よ語るがよい伝えるがよい。よく捧げ持つ祈りの柱と天から極める裳《も》のとのさしぐみ、さしぐみ、申す、言の葉たる、ちぢわに、みくらに、彼方涼しくおおどかな、それは真っ白な垂直である。

氷の壁と見える、霊のなすかの、涯《はて》あたらしく、立つ、上の上、最上に立つ十二の羽根持つ、髪は長い顔の白い、者は、空の無窮《むきゅう》に顔向けて、それは暗淵《あんえん》と同じ、空には極彩の虚無と、神さえいない。

白い十二の羽根持つ御使《みつか》いを地の底から仰ぐ者たちは、生《せい》の虚しい希《のぞ》みと恨みを立ち昇らせる。飛び行き、叶《かな》えたまえ、われらの地にまみれる四肢の、それは五の十の根のように絡まりうねり憎しむ軛《くびき》であるそれらを、灼《や》き尽くし、われらを魂のみに濾《こ》して昇天を許したまえ。

正しく十二の方向に翼を広げ、遂に飛翔する御使いは、地底のおらびに応えることなく見棄て、高みに征《ゆ》く。やがて翼は空を泳ぐことをやめ、ただ光を得て後ろへ速度を重ねるようすがとなりゆく。

虚無の数万年を隔てれば、摂氏マイナス二百度より低い温度の中、無数の岩塊と氷塊、結晶と破片がりんりんと鳴る。

御使いは暗みに輝く小星団の間を抜け、なお数万年の距離を超え、ただに跳躍するばかりである。

空を見、眼をこらし、ただ行く者を捉えるなら、そのとき、軟らかい心は突き潰されることだろう。ほんの瞬きの間ほどの生が届く距離の乏しさに思い絶たれることだろう。

その乏しさを、百合白は伝えるだろう。

思うことの知ることの無力に顫《ふる》え、なおさら諦めえない心の淀みこそ生の営みであると伝えるだろう。

あるいはまた、石に積まれ石に連なる古代の都市が、燦々《さんさん》と照る陽光のもとに映えながら、ときにただならぬ不吉の兆《きざし》を伝える占者《せんじゃ》の言葉を振り切って、王なる塔の最上の一室で金の玉座に座す王の、日々《にちにち》に下す命じ事は硬く、枉《ま》げられず、ならばこそ、最大の広場で日々の処刑を人々は待つ。

口にしてはならない言葉を発したとして、捕《とら》えられ、処刑人の待つ台上によろめき立つ、さんざの髪乱れる襤褸《らんる》の主の口から、何が語られたかは誰も知らない。

処刑人の刃が落ちると、斬られた首の切り口こそ太陽の永劫にある証しであると、甃《いしだたみ》に撒かれた血を前に、白衣《びゃくえ》の九人《ここのたり》は頭《こうべ》を垂れ、呪言《じゅごん》を唱え、われらの運命に資すること足りた供犠《くぎ》の尊さを告げ、台上に掲げられた首のない身体が最後の痙攣を終える。

おんおんと湧き起こる人々の声が天に届く頃、街に数百も聳《そび》える塔の屋根よりも高くに塔の数だけ七芒《しちぼう》の星が灯り、陽の下でさえ白銀の輝きで仰ぐ人の眼を射る。

それを合図に路地闇のことごとくから金の仮面をかぶった影々が現れ、手にある大剣を振って街に立つ者たちに斬りかかり、甃一面に切られた腕、脚、首が転がり重なり、最後に主を失った胴が落ちかかる。

王の身を置くべき最上の塔からは黒々とした煙が上がり、端から崩れゆく。生き延びた人々は今こそ重代の支配の終わり、天命の革《あらた》まるときと知る。

地は揺れ、甃は割れ、間からちろちろと赤い火が生《は》えかかると思う間もなく、いちどきに育ちあがった劫火《ごうか》は市街に巨人のごとく、触れた壁をも一切毀《こわ》し、建物は壊れ落ち、七彩の阿鼻《あび》叫喚《きょうかん》を奏《かな》でだす。

逃げる人々は城門を越え、ひとたびでも振り返る者は威に焼かれて命を落とした。

今に伝える者もあるやなきやの終末を、百合白は脳裏に甦らせつつ言葉とするだろう。

古代の惨劇に心向かわせる百合白には神の代理を務める者の安静さえ見られることだろう。

だが、合間にふと自らを振り返る百合白の、深い恨み怒りに触れ、知ったか知らぬか、まるで様《さま》は異なるが、重すぎる魂、尊すぎる魂に拉《ひし》がれた生涯の、ある者をわたしが教えてあげようか。

その人は世界に五人限りとも言われるほどに言葉の技に優れ、彼の一言一言は必ず世を波立たせた。彼であった。男性であった。その身体は短軀《たんく》短足《たんそく》、また細く、幼少時は病みがちな、名を尊ぶ家で錦《にしき》にくるまれたように育ったことから、体技《たいぎ》の勘も持てず人成《ひとな》った。とはいえ容貌がさまで醜かったのでないから、若くして文名が轟けば、知る者皆、行く先行く先で歓迎し、名士であり俊才であり見ようによっては優雅な文士であった。

彼も自負する稀な能文《のうぶん》のゆえ、そうした在り方を歓《よろこ》んだ折もある。

文人の驕《おご》り昂《たかぶ》りも、名高くあれば誰も否とは言わず、誇らかであったはずの彼の身振りが、しかしある日を境に一切消えた。

彼に魂が宿ったのだ。

彼は、己にある魂が、自らにないものを持つと、すなわち、そもそも自ら最も望ましくあるものを知って後、血涙絞るように、期待希望のたけをもって思い見た。

男性を愛する彼は美女を理想としなかったので、彼の魂は世にない美丈夫、雄々しい青年こそ自身の真の姿と、夢見つつ決まった。

それを絶望の証しとして、みすぼらしい身体を晒し、わわしい操觚《そうこ》の衆の一人を続けるしか道はない。だが彼には、はや、それまでの自身の全人生の一切合財が塵《ごみ》のように見える。

眠りの際《きわ》、六尺を超える身に雄大な筋肉を従わす、空に雷電《らいでん》の轟くような、凜とした美男が眼《ま》の裏に立つ。

緋縅《ひおどし》の鎧をまとうているのは、男が戦に出向こうとしているためと知れる。綿密に身を整え太刀《たち》を佩《は》いた後、彼は恐ろしげな鬼の仮面を被る。面差《おもざし》のあまりの麗《うるわ》しさゆえ、侮《あなど》られることのないためにである。

出陣した男の力は比べる者もないが、だが敵軍はあまりに多勢、その身に幾十も矢を受け、遂に戦場に果てるだろう。猛々しい若武者の、一歩も引かぬ剛《ごう》の気位は末代までも讃えられよ。だが、それを夢に見る者は腸《はらわた》がちぎれるほど恨めしい。あの男に成りたい。

せめても、思い立って、現身《うつしみ》の彼が、慣れない訓練を続け、身体を鍛え、いくらかでもあるべき形に近づけようとしてみると、数年かかったが、彼本来の生真面目な根気に応え、胸回りも腕も見違える太さとなった。その筋肉の勝《まさ》った身体は、だが誇るには丈が足りない。

有名作家がその見事な上半身を見せ付けると、周囲の人々は盛んに称賛したが、しかし、多くの人々は、その貧弱な脚、鍛えたとて太くなるばかりで長さの足りない脚を無言のまま憐れんだ。

彼は身体に呪われていると知った。皆がいかに彼を褒めようと、偉丈夫にはなりえまい。真の絶望を語り伝える呪者となるのでなければ、ある日彼は突然に自ら命を絶つだろう。それは彼に魂が宿ったからである。

魂はときに受難の根拠である。安楽に眠っていた者を目覚めさせ、希望と憧憬《しょうけい》を与えて一気に不幸に落とし込む。

ささみ、ささまれ、気味遥かなる、堂々の神体は黒枯《くろが》れの果て色果たされ色に時を経《へ》、手に淡くしじまのように、征く声しな垂れる声、冷厳の香り正しく、埴色《はにいろ》の世紀を隔てては、心裏《しんり》の求めも忌まわしい。苦しさに伴《とも》あらばよかれと眼交《まなかい》のひとつ輝く、見ず見ざるの伸び立つ巖《いわお》となって、ただ向かえ。

ではそうであれ、暗々たる急ぎ路《じ》に迷うただ二人の幼少の男子とか、由来なら果ての地に高々く聳える城の主の、手の者に領内から見目良い少年を拉《らっ》しさせ、夜ごと身を暴き殺し食うてはさんざんに己の精を漏らしつつ狂いたつ、行いを知って逃れるためとある。

身の細きをよいことに大人には抜けられない城壁の割れた隙間をくぐり、城を囲みどこまでも続く黒い森のいずこか知らない道もない、闇に隠れては二人、よほどに幸い重なれば森の果ての先の向こうに街はある。

行けば行けば、虚言《そらごと》でなく、生きていられる場はある、必ずや、だが、この世の森とはこの昏《くら》い樹木の郷《くに》とは、樹々のみにあらず、野獣の、魔物の、ひっそりと徘徊《はいかい》する。逃れるは暴王からだけでない。飢えて狙う爪、牙、そこからもここからも光る眼はまた、軟らかい肉を求めている。

それぞと森を出、城門に続く大道《だいどう》に出ようなら、逃亡の童子らを追う、武具に身を固めた王の手下らの満ち満ちたそこで、兎のように捕《と》られ縛《ばく》され、城に戻ってはやがて皮を剝《む》かれて王のいきり立つ男根に汚されるばかりである。

苔むす岩を登り、蛇のようにうねり立つ巨木の根を跨《また》ぎ、昼なお暗い木《こ》の下闇の、さらさらと蜥蜴《とかげ》が這う、虫の類《たぐい》のわっと散る、道のないところ、樹々の隙を通って、背後から聞こえる唸《うな》り声に怯《おび》え逃げ、胸内《むなうち》の落ち着く暇《いとま》もない。

二人、疲れに、盛り上がった樹の根の上に並び座り込み、あたりの危険に目を耳を研《と》ぎ澄ましつつ身を休めた。ふと眠り込みそうになるのをこらえこらえ、だが相棒の眠るはよし、自らは気を緩めるまいと一方がもう一方を抱き寄せ背を抱えていると、今まで眠っていた一人がいきなり身を起こし、

「神はわれらを助けると言った」

そして立ち、仰向き、太い枝と重い葉群《はむら》で空の見えない上方を指さし、

「天使が降りる」

と言挙《ことあ》げれば、嘘でない、いちどきに純白の大きな花の咲くような白衣の翻りとともに、下り来るそれは、地に向けた、娘のような面輪《おもわ》に、微笑みを見せた。

それはいかなるか、真に天の救いかと思う間もなく、白衣の天使は相棒にゆらりと上から抱き着き、そして微笑んでいたはずの口を大きく開けばすべての歯が尖り、幾十も牙ある口で相手の首を食い破った。

もう一方の目の前で食われてゆく、骨までも、白衣と見えた、全身に生《お》う羽根を赤く染め、魔物は卑しい音をたてて血肉を吸う。

次は己と覚悟の一人は、命の不定《ふじょう》を言葉一杯に吐くだろう。

軋《きし》み、爛《ただ》れ、生まれることの無残よ予めあらねば痛みなく怒り悲しみのない、空虚よ意識の、

全宇宙から消え去り尽くせ。

牢獄と、この世の厭《いと》わしさを何万回唱えようが砂粒のひとつも動くことはない。

言葉の無力よ意味を問うことの無意味よ。

あらゆる生き物が死にゆくならばそれが意識に認めないままこそめでたいではないか。

言葉持つ者は言葉によって世界の理不尽を語りつくさねばいられまい。

言葉こそ、世界の無残を知るよすがである。

言葉あっての不幸である。

わたしは教える。魂とは言葉のもたらす不幸の極みである。

耐えず、いられず、意識を閉じる、百合白は、言葉を得たか。

眼《ま》閉じれば流れる。手に脚に触れる意識の放棄をそのままに、緑したたる、樹々の下、陽の彼方、流れゆく、囁きの身で、それは、水の下にある。

いつからか、娘は深い水の底へと降りて行った。

絶えず揺れ止まない海藻の森に見た、憶えもない懐かしみが棲むという。

ゆるやかに、身をくねらせて誘う鱗《うろこ》ある生き物たちが待つという。

地上の恐ろしさから逃れ静けさの許《もと》へ向かえ。深く、海の底《そこ》ひの未知の無時間の。

鰭《ひれ》持つ者、貝殻持つ者、吸盤持つ者、巨大な口持つ者、そんな一族も絶えた先、生得《せいえ》る以前の未生《みしょう》の、心ない、身体さえも未だない、あわらあわらと地から立ち起こる負の拡がり、舞い上がる泥に隠れ隠れ、呪《しゅ》を唱える者はいるか。

海深く、光も届かない、無明《むみよう》の生はあるか。

沈みゆくだけの身体に今や人の視線は無効となり、百合白よ、そこで眠るばかりが求められる。

嵩《こう》じ、突き立つ、あらわの心を砕き、滔々《とうとう》と過ぎゆき流れる時の果てには人誰も絶え、巖だけの枯れた明るみが待つかも知れないしかし、けれども、いずれ悉皆《しつかい》溶け流れさせる水に魂を渡すこともあらばあれ。

眠りは魂を水底《みなぞこ》に預ける試みである。

意識は意識たる自らの価値も意味もひととき忘れる。

夢の始まればそこに余所《よそ》任せの自身を見出すかも知れず、いや相変わらず何の解決もない。

だが夢見は恋《こ》われる。それは自身だけでない何かであることだからだ。

意識することの苦痛の多さからことさら長くに思えた勤めの後、百合白は、教祖を辞めることになる。なぜなら魂消《たまぎ》えるからだ。教祖の言葉を失うからだ。

わたしは彼の深奥に八年の間棲み、その後、消える。

魂はうつろう。一箇所に留まることも保証されない。突然現れ、そしていつか消える。

わたしは百合白に呪詛を教え、教祖とし、そして去る。

災難と言うがよい。

だが止めようもない。留めようもない。わたしは現れる。そして去る。

去った後も、百合白の心にはわたしの影が刻される。

解放されはしない。百合白にはこの後も生きる限り、自らの身体への異議申し立ての記憶が残る。それは彼を生涯、不幸にし続ける。眠る寸前の須臾《しゆゆ》にしか自らを逃れることができない。百合白はわたしの与えた言葉を想起しつつ、それをヴィジョンと呼ぶ。意味のあるものか価値のあるものか、受け取る者の意識が決める。魂は、ただ与え続ける。

ゆふあくがれのはにもそとしよ。

08

隙間の心

街には無数の隙間がある。そのすべてが自分の居場所だ。そして隙間以外に自分の居場所はない。

匙交《さじかい》という知人の言葉だが、他は忘れたのに、「さじかい」という珍しい姓とともにこの言葉だけ憶えている。本当に姓以外の名も、顔も思い出せない。それは彼が、というからには匙交が男性だったことだけはわかっているわけだが、彼自身が告げたように、いつも建物の間の暗がりや廃屋の一角に潜んでいたいと願う、影のような存在であったからか、と思えてもくる。が、実際にそんな、世に隠れ、人を避ける人柄であったのか、それもわからない。案外快活で人付き合いのよい奴がたまたま、いくらか変人を装ってわざと言ってみただけかも知れない。特に思惑のあるでもない誇張、そんなところではないかと思うけれども、発語者の意図や由来とは別にこの言葉だけが自分のどこかに響いたものらしく、二十年以上経ってもおりおり思い出される。

前後の会話も記憶にはなく、匙交は、その言葉の発生場所の名としてだけある。

以前は「隙間以外に自分の居場所はない」という言い方に心が向き、それを、自分がまともには世に容《い》れられないということの比喩として、すなわち外《はず》れ者の嘆きの言葉と解していたのだが、後になるにつれ、「街中の隙間のすべてが自分の居場所である」という意味合いが気になり始めた。ではその「自分」とは同時に複数の場所に存在する超自然的な者なのかと思えて、今やこの言葉は、匙交という名の、顔のない変幻自在の妖怪が自分を語った記録のようですらある。

……のだが、二日前、それは「あった」と言い直すべきことになった。

匙交に再会した。

否、正確には再会したのか、同姓の別人に初めて出逢ったのか、まだ決められない。

だが少なくとも私にとって今、匙交という名は名前だけで実体のないものでなくなった。

「桑緒《そうお》さんですね。匙交です」と彼は話しかけてきた。

次いで名刺を差し出し、

「総日新聞で記者をやっています」と言った。

匙交大輔《だいすけ》、総日新聞社文化部記者、と名刺にあった。

柴探《したん》社主催による柴探文学賞授賞式後の宴会の場である。

この日は、数年前からつきあいのある三郷《みさと》公和《きみかず》の柴探文学賞の授賞式に招かれていた。柴探文学賞は正しくは柴探文学三賞といい、既に文学的地位を認められた作家に贈られる柴探文学大賞、学術書やエッセイの秀作に贈られる柴探文化賞、そして純文学の新人作家に与えられる柴探文学賞の三賞合同の授賞式が行われるものである。それゆえ出席者が多い。とりわけ例の厄介な感染症の流行がほぼ収束したと皆人が認めて後の催しであればマスコミの取材も多く、ひときわ盛会となった。

昨年、三郷は世界中が茸《きのこ》に覆われるという奇妙な小説を発表し、これが評判を得たため、この賞では無視されがちな空想的作風にもかかわらず異例の受賞となった。

自分の名刺を渡すと、

「『ファンジャイ・デイ』、ぼくも読みました」

と毘交は言った。私が文芸誌に掲載した三郷の作についての書評を読んだのだろう。

「なんか、違ってきていますね」

と続けたが何をさしているのかよくわからず、今回の受賞対象作品の傾向が従来とは違うという意味かと思い、確かにそうだが、といってこの先も続く大異変というほどとも思われないので「はあ」と曖昧に答えると、

「選挙以来かな」と毘交は言い、それがいわば「世の動き、空気」といったところをさしていることが知れた。

「ああ、そうですね」とそれでもあまり積極的でない答え方をしたが、これでいくらか納得を得た。

今年の国政選挙で改憲派が議席数を減らすとともに消費税廃止を訴える議員が増え、道は遠いものの、国民大半の経済的困窮からの脱却への期待が語られ始めた。

これまで全国紙が政権批判を控えることの多い中、総日新聞は時に熾烈《しれつ》なほどの批判と「与党に都合の悪い記事」を掲載していた。そういう所に所属していれば、今回の選挙の結果を過

大視することもあろうかとは思い、またそういう言動は、さぞ世に「凝り固まったリベラル」と誹《そし》られるのであろうなあとも思いながら、とはいえ、これまで憂い多かった人たちにとっては彼の言うとおり、先行きへの黒々した怯《おび》えからいくらか逃れられた気分なのだろう、と、こんな身につかない発想にとらわれしばらく無言でいたところ、また毘交が少し笑みをたたえて言った。

「どうですか？　街の隠者としては」

いささかならず驚いて相手を見直し、

「え、街の隠者はあなたでしょう？」と問いかけてみると、毘交は訝《いぶか》しげに、

「ぼくが？　どうしてそうなるんですか」

「あなたは私と同じ大学で同じサークルに所属していましたね？」

「ええ。そうです」

「だったら、ご自分の発言も憶えてるでしょう？」

「どんなでしょう」

そこで例の言葉を口にのぼせてみた。

「街には無数の隙間がある……」

聞き終えてすぐ、毘交は、

「それ、桑緒さんが言った言葉じゃないですか」と当然らしく言い出したのでまた驚いた。しかも、なんだ、人をかつぐのはやめてくれ、と言わんばかりの口調である。

「いやいやいやいや」

彼が疑ってもいないとなると、そこからは両者の認識の質が異なるという話になる。それはすなわち、どちらが間違って、誤った記憶を長年持ち続けてきたのかということになる。生死を賭けるようなことではないとはいえ、自他の世界がまるで相容れないという関係になってしまうではないか。

「それは違う。違いますよ」と強く続けたが、自分がどれだけ確信を持っていたとしても今ここで自分の記憶の無謬を証明することはできないと思い至れば主張する気も阻喪しそうになる。いやそれでもここは引けない。二十年だ。その間の確信だ。

匙交は「おかしいなあ」と呟き加減に受け取ると、

「三年前の『都市人』の巻頭エッセイに書いておられたことですが」

と続けた。

ああそれなら、と少し安堵して、

「よく読み返してくださいよ、あれは私がそうだというのではなくて、街にある隙間こそ自分の居場所だ、と語っていた人の言葉を伝えただけのことです」

なんだ杜撰（ずさん）な読み方だなあ、新聞記者ってこんないい加減なのかなあ、とやや落胆しながら、しかし辻褄が合ってよかった。いや、まだ相当な疑問が残ってはいるが。

匙交は何か思うてか思わずてか、にこやかな表情は変えず、

「そうですか。それは失礼。ではその主に尋ねてみたいものですね。これからのことも」

とだけ言ってその話題を打ち切り、社交辞令的に私の近作についての評判などを語った。感想ではなく評判についてなので当人は読んでいないのだろう。だがそれはどうでもよい。ともかく好意的な姿勢が続いているので私も生暖かい態度で幾言か答え、また髭交も続けた。そのうち髭交は変わらない表情で何か二言三言、呟くように言ったが、私にはその言葉がよくわからなかった。

「では」と、それを合図にその場は終わった。

友好的な空気を損ないたくなかったので重ねては問わなかったが、対話する間、髭交が例の発言を全く自分のものと考えていないことへの不審は続いた。

ではあれは髭交ではなく、別人の言葉だったのだろうか。するとまた自分の記憶の土台が一部崩されることになって居心地が悪い。

「われわれの社会では発言の主体を問題にすることが当然となっているが、もっと長い数百年のスパンで考えるなら、言葉は記録された段階で発言者が誰でもよくなってしまう。語った人は消え、その言葉だけが残るのだ」

というのはわれわれの所属した考現学サークルの顧問であった蔀《しとみ》教授の言葉だが、数百年なら確かにそうでも二十年ではまだまだ発言者の名は必要である。しかも当事者が存命と思えば一層のことだが、と、その日は言い足りない心地が残った。

ようよう心向きが変わったのは髭交と再会らしいことを果たした翌日の昼である。とはいえ疑問は疑問のままにある。

08

自分の書いた記事を確認することにした。

『都市人』からは三年前の六月に依頼があって「都市に関することであれば何でも自由にお書きください」というものだった。

私も作家である。三郷の先輩くらいとされている。だが専業ではない。年一、二冊、単行本を刊行するが、それだけで年間の生活費には足りないので大学の講師を務めている。幸い常勤で収入は安定的だが、近年は特に事務作業が多く、正直、なんとか作家専業でやりたいものだと願っている。

どうでもよいことだ。だが私という個にとってはなかなか意識しないでいることの難しい部分である。

つい三年前のことなのに掲載誌がすぐ見つからない。乱雑な棚を探して、ようやく見出した『都市人』八月号、その巻頭に載った「隙間《すきま》人《じん》のこと」。


私は目下、都市人であるが、それとともに、かねてから隙間人である。


こう始めているので、確かに匙交が私自身を街の隠者と見たのは仕方あるまいとも思えた。

「隙間人」とは街中の狭い場所、とりわけビルの間の狭い隙間などがあるとひどく気になる人をさしている。その感じ方は次第に敷衍《ふえん》され、「街の隙間」と言えるような場所すべて、閉鎖されて誰も立ち入ることのない廃屋や、住宅街にところどころ見られる小さな、草の生えた空き地といったような忘れられた場所、すなわち普段人が意識しない場所を見出すとどうしても見入りたがる、無理とは知りつつ立ち入りたいものだと願う、といった気分を記したものである。

中にこんな一節がある。

以前、自宅の近くに随分古くてもう人が住んでいないアパートがあった。そこの裏庭には手入れされていない樹が何本も繁って、昼も暗い様子だった。草ぼうぼうだ。脇を通るたびに、この茂みの奥の影に一日座っていたいと思った。だがこれでは虫が多くて大変だろう。小さいビニールの敷物を敷いて、蚊取り線香でも焚きながらいようか、と通るたびそんなことばかり考えた。

ここで意外だったのは、「そんなことばかり考えた」で終わっていることである。

私のつもりでは、というか記憶では、「そんなことばかり考えた。と、こんな話をしてくれた人を知っている。こういうのが隙間人なのである。」としていたはずなのである。

なるほど、これなら彫交の読み方は間違っていない。

という納得とともに、いやしかし、どうしてこんな形で掲載されているのだろうとまたしても新たな疑問が生じて来る。

情報誌的な雑誌なので著者校正は一回だけだが、ゲラは確認している。そのとき欠落があったのなら訂正している筈である。

ゲラはPDF形式でデータとして送付されていたので過去の受信メールに添付されたそれを確認してみると、そこでも「そんなことばかり考えた」で終わっていた。ただし最初、「あふるのくをてし。」という語が加わっていたのを削除している。意図しないキーの打ち間違いが残っていたのだろう。それだけで、書き加えの指示はない。

それでもう一度自分の文を通読すると、確かに街の隠者が語った後ろ向きの志向表明であった。

このあたりで、水の一杯入った大きな盥《たらい》を肩に載せているような、不安定な危ういしかし大儀で面倒で、もう一切放り出したい気分にとらわれてきて、しばらく自室の寝台に横たわり、緩やかに風で揺れる樹とか森とかのことを考えていると、不意に意識がぱちりと音をたてたように感じられて、それは今、目覚めたということであった。僅かの間寝ていたのだ。

今起きた自分は寝入る前の自分だろうか、とりわけ心許なく、拠《よ》り所ない。

誰でもない者としてであれば、どうだ。桑緒勇爾《ゆうじ》という、さして著名でもないがデビューして十数年ほどはキャリアのある中堅作家について、どう言う?

一九七四年生、三十三歳で西遠社《せいえんしゃ》発行『深遠』誌主催第三十八回深遠新人賞を受賞して以後、作家を名乗る。

著書は十一冊ある。芥川賞には縁がないが今回三郷の得た柴探文学賞には二度ばかり候補になった。街を散歩する話が多い。日本経済が傾いている中、リアルな生活苦を描こうともしていないといった批判を受けることがあるが、敢えて静かな生活の中に見えて来る微妙な風景の不穏を追求しているのである。

両親ともに亡く、兄弟姉妹もない。結婚していたことはあるが五年前離婚して以後は独身である。子はない。

大学では都市論を教えている。空いた日は自転車であちこち巡る。自転車はいくらかよいものを常に整備している。

ほぼ全生活が、都市について、巡ること思い巡らすことに向いていると今知った。

隙間を探す、というのもその一環である。だが隙間に棲む妖怪とは違う。違うと思うのだがどうだ。

やはり自分一人で考えていても結論は出ない。

諏訪内《すわない》の電話番号は随分古いデータにあった。固定電話ではない方だったのでまず通じるだろうと思ったがいきなりだときっと迷惑電話と思われる。ショートメールで伝えた。

半日ほどして返答が来た。

「やたら久しぶり。時間は明日15:00ならＯＫ。ベンヤミンこられる？」

「まだあるなら行く」

ベンヤミンはかつてわれわれがよく利用した喫茶店で、その名には経営者の意向が凝縮している。大学の近くにあることもその意義を見出され易い理由と思う。ともかくも存続しているらしく、簡単に行き合えるならありがたかった。

翌日はよく晴れた日で、できれば空の青の中を横切る雲の変化を一日中見ていたいようだった。JRの最寄り駅で降りたら後はバスが一番便利なので乗り、五つ停留所を過ぎて六つ目、斉英《せいえい》大学前で降りる。斉英大はわれわれの母校である。

人文学部キャンパスに道路を隔てて向かい側の少し歩いたところに今もベンヤミンはあった。店主は変わらず君臨しているだろうか。街歩きの達人の名を冠した店内の、北の壁一面に設《しつら》えられた棚には社会学・都市学にかかわる本が満載だった。きっと今もそうだろう。ドイツ語表記だけで日本語のない看板は同じだった。重い木の扉も同じだった。入れば内装はやや変わっていたが、書棚とその内容はだいたい同じと見えた。カウンターの向こうでは若い男性がコーヒーを淹《い》れていた。

棚の脇、かつて最もよく座った位置が空いていたので座を占めた。椅子は新たになっていた。メニューは多くが異なっていた。「ブレンド」とあるので、味はどうか知れないが、ウェイトレスに注文し、ついでに「ご主人は?」と問うと、「彼です」とカウンターをさしたので「あ、そう」と答えて終えた。代替わりしていると知った。

しばらくして来たブレンドは濃く、好ましい香りで、どうも先代より今のマスターは腕が良いと思う。

そうしていると、表の扉が開き、

「ななりはやぁ」といったようなどうでもよい発声とともに青いワンピースの諏訪内が来た。

右手をあげて久しぶりの再会を喜ぶしぐさとしたが、通じたかどうかはわからない。

正面に座ると諏訪内は、

「今は公島《きみしま》ってなってる。夫婦別姓実現を望んでるんだけど。だから諏訪内でいいよ」と言った。

しばらく互いに近況を伝え合った後、肝心の話を始めることにした。

「毘交、憶えてる?」

「当然。よく三人で歩き回ったね」

という諏訪内の答えにまた衝撃を受けた。自分と毘交とはそんなに親しかったのか。

「よく憶えてないんだ。どんな感じだったか、話してくれないか」

と尋ねると「信じられない」と言いながら諏訪内は記憶にあるという場面をいくつも語った。

諏訪内によると、われわれ三人は、大学在学当時、さかんに「トマソン」を探して都内の古い建物が残る地域を探索していた。

「トマソン」というのはアーティストの赤瀬川原平が言い出した言葉で、過去はともあれ現在、その形に見合う何の機能もなく、無用の長物となっている建築物の一部をいう。たとえば階段があるとしてその上にあった入口が取り壊された上、そこが壁になってしまい、階段だけが残っていてどこに上がることもできない状態となっているとそれはトマソン物件である。

これは、もともと意図的なナンセンスとして作られた芸術品などとは違い、「無意味を意図している」のではない。何らかの経緯から、たまたまあったはずの機能を喪失し、もはや存在意義がなくなったにもかかわらず、撤去の手間を厭うたのであろう持ち主がそのままにしている、あるいは無用にもかかわらず保存されている物体のことである。その、用途なく無意味無価値だけが屹立している設備を見出したさいの驚きから、赤瀬川は『超芸術トマソン』という書を著した。

このトマソンという名は野球選手のゲーリー・トマソンの名から取ったと赤瀬川は同書に記している。元大リーガー選手トマソンは読売ジャイアンツの選手として来日し二シーズンの間活動したが、まるで成績が出ず、にもかかわらず四番打者として立ち続け、三振し続けた、という記録から命名された。

トマソン物件は機能的な新建築にはほぼ見られない。たまに設計ミスで奇妙な出っ張りやなくてもよい部分が修正されないままのビルがあるとそれもトマソンと言えるが、近年はそういう愛嬌のある設計ミスなどまず見出されない。

それでわれわれは専《もっぱ》ら古い建物が多く残る区域ばかり探すことになる。古い建物というのは古いだけでなく、長い間に建て替えや改築を繰り返している場合が多く、たとえば密着して隣にあった家が完全に取り壊され撤去された後、残っているもう一つの家の壁に、かつて隣と接していたため無塗装だった部分があらわになり、それによって隣にあった家の形がくっきり残っているとこれはトマソンである。

また中途半端な改装によって二階から下りるための階段が撤去されてしまい、扉はあるが出るには二階から飛び降りるしかないというような珍しい状態の扉もあった。むろん普段鍵がかかっていて人は出入りできない。

由来は知れないが、数歩登って上がり、その向こうで下りるだけという階段を見出したこともある。まったく上がって下りるだけで、上がったところから行く先がないのである。

こうした無用の物体が住人の思惑とは別に成立しているとわれわれは喜んだ。

「髭交は見つけるのがうまかった」と諏訪内は言った。

物件探しにもうまい下手はあり、髭交はすぐ見つけ出し、私は彼ほど発見が得意でなく、諏訪内の感度も私と同程度だったそうである。

「考現学サークル」では何人かずつパートに分かれてそれぞれ独自に調査研究を続けた。われわれは三人で「トマソン探求パート」を構成していた。

毎度毎度下町の狭い路地や旧市街のとりわけくすんだ色の地域を探っては、いい物件が見つかると写真に撮り、場所と発見日時を、そのトマソンたる理由とともに記録し、一か月に一回ずつサークル員全員の前で発表した。

目的としては総会での発表だけで、それがサークルの外部に公開されることはなかった。聞けば「トマソン学会」といった組織もあったそうだが、それとて実情、「学会」というほどアカデミックなものでなく私的な交流に過ぎず、われわれもちょっと面白い街歩きの成果程度にしか考えていなかったので参加したことはない。

そのためか、一年も続けているとそろそろ飽きてきて、というのは私だけの話なのだそうだが、三人で調査に出ることは続けながら、私だけは「トマソン」以外の何かを追求し始めた。

08

「それが『隙間物件』」と諏訪内は言った。

当時の私は無意味な設備より、明らかに存在しながらも普段人が心にとめない、無視されがちな小空間というものに興味を向け始めていた。それをトマソンとは別に「街の隙間」と呼んだ。

最初にその意義を主張したのはビルとビルの間の狭い空間だった。

それはせいぜい四十センチくらいの幅で、肥満していない人が体を横にしてぎりぎり通れるほどの隙間である。そこにはしかし、双方のビルの壁の間をつなぐ縦長の鉄扉が取り付けられ、一方の壁に蝶番が、反対側の側面に鍵がかかるようになって、人の立ち入りを防いでいた。背伸びして扉越しに中を覗くと、薄暗い中にモップらしいものが立てかけてあり、巻いたビニールホースが置いてあり、要するに物置として利用されているのがうかがえた。

これを見つけた私は、その狭い、物置にするほかは何にもならない、取り残された感じをさかんに語ったそうだが、毘交は、

「だけど物置に利用されるだけの意味と価値はあるんだからこれはトマソンとは言えないじゃないか」と言ってその意義をわかろうとはしなかったし、諏訪内も、自分たちはトマソンを探しているのだから、と二人で私の発見の意味を否定した。

そのとおりであって、少しでも役に立っている場所はトマソンと呼ばれる資格がない。

そこで私は、そのとおりだ、トマソンではない、だから、今回の自分の発見は、それとは違う新たなカテゴリーの街中物件で、これを新たに「隙間物件」と呼んでこれから独自に調査し

たい、と言った、とのことである。

二人は「トマソンにはあたらない」という点を認めるのであれば「トマソン以外の別の基準による物件探し」を否定はしなかった。ただしその「隙間的意義」の基準を明らかにせよ、と言った。

それで再び私は、都市には必ず、予期され決められた用途に合致しないままはみ出してしまう無為の小空間があり、それはトマソンのあからさまな無意味の突出とは異なり、最低限の意味はあるためかえって見捨てられ忘れられている虚の区域である、そのどこまでいっても正統に達しない永遠の終焉の地をこれから探してみたいと告げた。

二人はある程度納得し、トマソンと並行して私の「隙間物件探求」を認めるし、ときには協力もすると答えた。

こうして私は街中の建物の隙間を撮影し続けた。扉付きの隙間というのはさほど多くなく、大抵は人が通れないほど狭い隙間に、一方の壁から電線が絡まるように出ていたり、ただごみがたまっていたりした。その薄汚れ方にまた私は反応した。月一度の発表でも、別項目として見出した隙間物件とその心惹く理由を縷々《るる》告げた。同感するサークル員はいなかった。

だが諏訪内と聢交は、他と同じく隙間の価値には同感しないものの、私の、何やら言いようなく惹かれてならない様子には理解を示し、同伴を続けてくれた。

トマソンは古くからある整理されていない区域に多いのに対し、隙間物件は案外都心部の、新宿や渋谷や、そういった所に見出されることが多く、その意味では新たな踏破地区を試す機会にもなった。

だが、それが七、八回目くらいになったとき、さすがの私もあまりに、ただの「建物の隙間」には同様のものが多く、新見解が乏しいのではないかと思い始めた。もう少し「街の隙間」の範囲を広めてみてはと思うようになったちょうどその頃、これは再び旧市街地を徘徊していたおり、彫交が、「ここ、どう？ 隙間的じゃない？」と指さした所が、高い建物に三方囲まれた狭い空き地であった。

隙間と呼ぶには確固たる幅があり広さもあるが、それもこの高い建物の間にあると思えば狭小であることには変わらない。正面に立つと幅・奥行きとも五メートルそこそこで、未使用の空き地とはいえもうそれは建物になり損ね、取り残された場所と言ってよかった。

向かって右には六階建ての、左には八階建ての、正面奥には十階建てのマンションがあって、陽があたらないほぼ正方形の土地だが草は盛大に繁茂していた。奥に大きな葉を茂らせた低木なのか巨大な雑草なのか、区別のつかない植物がある。草の間にはペットボトルや菓子の袋がちょいちょい顔をのぞかせている。

正面にはロープが張ってあって、小さい立札があり「立ち入り禁止」とあったが、人目をしのんで入ろうと思えば容易《たやす》い。

言われてなるほど、スケールを異にすれば、四、五十センチの隙間ばかりでなく、こういう数メートルの空き地であっても、確かに街の隙間であり忘れられた空間である。

いずれここにも何か建つことになっているのかもしれないが、こう狭くては周囲ほどの高い住宅はできない。結局中途半端に捨てられたままいつまでも空き地なのではないかと思うと、一層寂寥《せきりょう》感が増した。何にもならない、どこにも行けない行き止まりである。

自分はこういう淋しさ心許なさに反応するのだな、とここで匙交に教えられた気がした。諏訪内の話からこのように記憶は再来し、確かに自分はこういった街の隙間を自らの里としていたのだと、このとき、二十年を経て訂正した。

「じゃあやっぱり、『街には無数の……』という言葉は俺が言ったんだな」

と口にすると諏訪内は「違う」と言う。

「それは匙交が言った言葉。わたしも聞いた」と言う。

おや、せっかく自分の記憶の修正が成りかけたと思ったら。

「不思議だった。このときだけ匙交が違う人みたいだった」

と諏訪内は続けた。

それによると、このとき匙交はロープを跨《また》いで「立ち入り禁止」の空き地に入り、その中央辺りに立って、なにやら右、左、後ろ、と指さした後、

「おうらはにともしろく……」

と、そんなことを言い始めた。諏訪内はその最初の「おうらはにともしろく」という意味不明の言葉だけ記憶していると言った。それはしばらく続いたが諏訪内には何一つ意味の知れない言葉だった。

その何か祝詞《のりと》のような妙なアクセントのある言葉のあと、はっきりわれわれにもわかるよう

に、

「街には無数の隙間がある。そのすべてが自分の居場所だ。そして隙間以外に自分の居場所はない」

と髭交は言い、そして少し顔を仰向けた後、またロープを跨いで土地を出、そして何事もなかったようにそこを去りかけた。

諏訪内と私は何が起こったのか計り知れないまま、髭交の後を追った。

「『どうしたんだ、髭交』って言えば言えたんだろうけど、君もわたしも、なんかもう問いかけるっていうことが、なんてのかな、畏《おそ》れ多いっての？　どう言ったらいいかわからないけど、ちょっと言葉をなくしたってか、途方に暮れたってか……」

憶えていないがもしそういうことが眼の前で起きたなら私も言葉を失い、ただ髭交についてゆくだけだっただろうと思う。

しばらく行くと髭交は、私たちを振り返り、「なんか今日は乏しい」とこれも何の事かわからないがさかんに「乏しい」と言い、だがそのすぐ後には常と変わらない髭交の態度が戻っていたと諏訪内は言う。私たちは近くにあったマクドナルドに入って一服した後、その日は解散した。

「マクドナルドにいるときの髭交は全然普段と変わらなかった。でもそのことがなんか、かえって気になって、ここでさっきのことを訊いたりすると、またあんな変なことになるんじゃないかと思って、ちょっと何も言えなかった」と諏訪内。

おそらく私も同じ気分だったのだろう。

「それ以来、髭交には一度もそのことを言ってない。君も言わなかったんでしょ。髭交もあのときのことはきっと忘れてる」

まるで別人であったかのような時間を、髭交本人は自分の記憶としていない、だから、この間も。

「なんとなくわかった。ありがとう」

と言い、もしまた何か思い当たったら教えてくれ、と互いの現住所とメールアドレスを交換してベンヤミンを出た。

別れ際、諏訪内は、

「それでね、ひみもはとしてりこのしまよろく、ななりはやぁ、すごく、ともしみのたまひとこす、ななりはやぁすと、すごくいいことがあるよ」

と言った。

私は「喜ばしいな。うくもとしかげ。あふるのくをてし」と答えた。

09

帝命定まらず

音を耳にしたとき、これは脇にいる人には聞こえていないとわかった。

職場から帰りの電車内に、雑々とした音どもの大波小波と翻《ひるがえ》る中、りん、というその音だけが周囲からの妨げに無縁の圧を発して区別されたのは、これは、刻《こく》の長い音なのだと思った。

それが正しいかまやかしかは知れない、コウハの言う言葉がこのときわたしには隙間なく嵌《は》まりこむような意味と思えたに過ぎない。他に言いようがない。

信じるかと言われれば信じない。

音には音量と音色、響きの長さのほかに、刻の長短がある、とコウハは言った。

刻を聴きわけることのできる人は少ないとも言った。

音波は空間的に広がるが、実は時間的にも広がっている。その時間的波長を刻と言い、波長の長い刻を持つ音は時間を貫いて遠くに響く。刻の長さは強さである。

だがわれわれのいる世界の時間は密度が均等でなく、刻は高い密度の時間帯だけを伝ってゆくために、ある刻の強い音を聴きとれる時間が限られている。

そこに聞こえる音は現在のそれではなく過去のあるいは未来の音である。

時間が空間が、と、そういったことはわからないし確かめようもない。だから信じているわけではない。だが、ときおりわたしは聞こえるはずのない音を聴く。

それは周囲から発せられたとは思えない音である。それが何か、説明しようとすればコウハの言葉しか今のところない。

車中で聴いた音は小さいガラスの鐘を鳴らしたような澄んだ音で、たしか宝玉をいくつか糸に通して揺らした時響くという、たまゆらの音《ね》とはこうしたものではないかと思った。

過去か未来か、そうした音が響くときがあるのだろうか。刻という考えが正しいなら、過去に憶えはないのでおそらく未来なのだろう。いいえ、あるいはわたしの生まれる以前からきた音か。

そんな話をしても遼《りょう》は笑みで応えるばかりだろう。遼はコウハを知らないし、刻の強い音を聴きわけることもない。ただわたしの言葉を問い直さずに聞く。

遼との関係は彼がわたしの言葉を否定しないで聞く限り続くだろう。

遼にはコウハの名は教えていないしその語った事柄を話したこともない。

「言葉も伝わる」とコウハは言った。

刻の長い音に微細な差を聴きわけられる人はそれが言葉であってもわかるというのだ。

そう教えられたのは、大学在学中の頃、図書館で耳にした音声についで話したさいのことだった。

いびつな響きで、

ていめいさだまらずえしのもとつどいたるくれたにしょうのほのもえぎ

と、わたしには聴こえた。周囲に人はいたが大学図書館の館内であったから、私語も独語もなかった。ないはずの、囁き、というより呻きに似た謡《うたい》のような声があった。

最初、てぃえいめーさだまーるぁずえしのむぉとぉつどうぃたーるーくれとぁにしぇうのほのむぉえぎ、というのが実際に耳に届いた音声だったのだが、何度も思い返すうちに、もしこれが日本語であり意味ある単語の連続であるのなら、漢字をあててみようと思い、

帝命定まらず絵師のもと集いたる暮れ谷生のほの萌え木

とした。確信はない。手がかりもない。なんとなく知る言葉をあててみたらこうなったということだ。そしてもしこう書くのであれば、最初の印象通りこの一節は歌のようなもので、しかも古文もしくは擬古文と思われた。わたしは国文学科にいた。

現代語に言いかえて意味を読み取るとすれば、天命あるいは勅命が定まらない（ので）、絵師のもとに集められた、暮れ谷というところに生え、いくらか芽の出た木、ということになるだろうか。「たる」は完了の助動詞「たり」の連体形で名詞「ほの萌え木」にかかる。古語としての「集ふ」は助動詞「たり」に接続するさい連用形となるが、それが下二段活用の「つどへたり」ではなく「つどひたり」であれば四段活用の動詞とわかる。下二段活用の「つどふ」なら他動詞だが、四段活用の「つどふ」は自動詞なので「集めた」ではなく「集まって来た」

とすべきなのだろうけれども、主語を「ほの萌え木」とする擬人法と考えて、実際には「集められた」と読んでみた。

「くれたにしょう」は暮れ谷という谷での「生」と考えたが、「暮れ谷荘《しょう》」という荘園産の「萌え木」ということかも知れず、「暮れ谷」も「呉谷」「久礼谷」「繰れた荷」といくらでも考えられる。「ほの萌え木」も「穂の萌え木」かも知れず「帆の燃え戯」かも知れないが、ただわたしの好きにあてた。

だが何もわからない。

コウハに話すとそれは何百年も隔てて届いた刻の長い音の連なりだろうと言うのだった。言葉遣いが古文らしいのでそうとも思ったが、しかし、もし平安や室町の頃だったら発音も今わかるようなものではないのではないか。せいぜい江戸時代くらいか。それなら「帝命」とはどうしたことだ。将軍は「帝」ではない。当時の天皇のはずだが、江戸の頃、天皇について何か重大な「命」が語られることとってあったのだろうか。

答えはないな。でもわたしの聴いた言葉だけはある。そう考えて棘が刺さったままの心地で今も記憶にある。

そして根拠ないままに、何か重大な件で、とある、おそらくは時の政権から信頼されている絵描きのもとに特殊な木の枝が集められ、そして、絵師の何か魔術的な行いがなされるのを待っている、それは世の天命をも動かす術だろう、とこんな想像だけが少しずつはびこっていった。

幼い頃にも何度か聴いた言葉はある。不意に訪れた。どれも周囲に知った人のいない時間、部屋に一人いるとか、街中を一人で歩いているときとか、「ね、今なんか聴こえたよね」と確かめることのできない場合ばかりで、そのシチュエーションが長い刻を持ついにしえの言葉の届く条件だったのか、わからない。確かに、だが、それらは今思い出せる限りではどれも古語による歌のようなものの断片で、大学の頃に届いたそれほどの明瞭さはないが、どこかで関連がありそうな気はする。

うなかぶすめいぼうのこも……とばりおくがの……うすらいのごご

くろぎぬのよりかうかおのあおきささめき

あなたもしらじ……におういかそけく……とおかくれすなり

みかどたおれたまえば……しろにあざやぐひはあれど……きめんのひきいたるぜいさんざとよりく

聴き取りにくくて音声の判別できない所を除くとこんな言葉らしいものがおりおりに受け取られた。その場所も時も規則性があるとは思えず、学校で、街で、自宅で、午前、午後、深夜、真昼、など、そして、不思議にも判別できた言葉をわたしは一句も忘れず、今に持ち越した。

持ち越したと言うのは、その意味を探ることなくただ音声のみ記憶していたということだ。

コウハの説明を聞き、「帝命定まらず」に続く句を自分なりに解釈する試みに心奪われたことから、記憶にある音声をも、考え考え解釈してみることが始まった。

「うなかぶす」というのは現在使わない言葉だが、「項傾《うなかぶ》す」だろう。項《うなじ》を傾ける、うなだれる、という意味だ。

「めいぼう」はそのあとに「こも」とあって、「も」は副助詞と考えた。それで「めいぼう」は「項傾す」が修飾している「こ」という名詞をさらに修飾する言葉だろう。「こ」にあてるのは「子」という語くらいしかわたしには思いつかない。すると「めいぼう」はその子の容姿を形容しており、その眼の澄み様を「明眸」としたのではないだろうか。

こんな調子で、漢字をあててみると、

項傾《うなかぶ》す明眸《めいぼう》の子も……帳《とばり》奥処《おくが》の……薄ら氷《い》の午後
黒衣《くろぎぬ》の寄り交《か》う顔の青き私語《ささめき》
彼方《あなた》も知らじ……匂い幽《かそけ》く……遠隠《とおかく》れすなり

帝《みかど》斃《たお》れたまえば……城に鮮《あざ》やぐ火はあれど……鬼面《きめん》の率いたる勢《ぜい》さんざと寄り来《く》

意味をわたしなりに言えば、

うなだれる澄んだ眼の子もまた……屋敷の奥の閉ざされた部屋で過ごす……薄い氷を踏むように危うい午後

黒い衣を着て顔を寄り交わす人々の青い（という比喩、おそらくは心配げな）ひそひそ話

行く先もわからない……匂いが微かに……遠くに隠れるのであった

帝が斃れたので……城には鮮やかに火が上がるが……鬼の面の者の率いた軍勢はさんざと寄り来る

「帝命定まらず」という一句から想像される、何か大きな物語にかかわる断片と考えてみればこんな様子になった。

これらが同じ一つの物語を構成する言葉の一部とは限らない。全く無関係の誰かの発した言葉なのかも知れない。だがわたしという意識はどうしてもわたしという拠点からしか想像でき

ない。想像などしなくてよいならそのままだが、そこに何か関連を見出そうとするなら、わたしの場合、こういうことなのだ。

ある宿命的な出自を持つ眼の澄んだ（それはおそらく貴種であることの証しである）子が、広壮な屋敷の奥に匿《かくま》われている。だが今しも追っ手が、彼もしくは彼女を亡き者としようと狙っていた。

王の喪に服す人々は、そのなりゆきを案じ、だが今の支配者の意向を慮《おもんぱか》って小声で囁き交わすことしかできない。

導く者が来て子は連れ去られ、いずこへ去ったのかわからない。その残り香は微かである。子は難を逃れ、遠い地へと隠れた。

そうするうち帝は死んだのである。遂に城に火の手が上がる。そこへ鬼の面をつけた者に率いられた軍勢がさんざとばかりに押し寄せて来る。

こんなふうに、わたしは、もとの順序さえ確かでない片言隻句《へんげんせきく》を勝手に物語として思い描いた。

では「帝命定まらず絵師のもと集いたる暮れ谷生のほの萌え木」はその後のことなのか。どうもわたしには、これは後でなく最初にくる言葉ではないかと思われた。

その王国（なのか帝国なのか）では王もしくは帝が薨去《こうきょ》するとともに、世継ぎの選択が争いを引き起こした。そこに確固たる天命は見出されず、信頼のおける絵師（と呼ばれるが実のところおそらく陰陽師もしくは呪術師）は必要の呪具を集め、国の将来を占うこととなった。

その結果として、明眸の子と呼ばれた子が指定されたのだろう。その子は非常に聡明であったが、正統な王位継承の資格に欠ける所があった。おそらく長男でない。あるいは嫡子ではない。庶子か、ことによると女性だったのかも知れない。

そこで、第一王子を擁する一派はその子に刺客を送る。それを避けて、子は逃れる。城では遂に諍《いさか》いが始まる。

こんな物語を、わたしは紡ぎ出した。

何一つ明らかではないのだから、わたしという意識にその解釈が委ねられたものと決めて、ここからわたしは、本当に好き勝手に物語を編むこととした。

「子」とばかり呼ぶのは不都合である。では何とするか。長男でないだろうことはわかっている。だが次男としてもわたしには興が湧かず、それよりも、と、ここからは本当にわが望みのこととして、長女であったとする。「明眸」の語は目許の美しさを意味することから美人の譬《たと》えとしても用いられた。

幼少の折からそのすべてを見通す美しい眼と、並びない聡明さを持つ娘である。明眸の姫である。明姫《あきら》と呼ぶ。

父王の没後引き続く凶事と政争の難を案じた諸大臣らに召喚された呪術師は、この難しい時代には王女の聡明さこそが国を率いると断言し、高官たちはその意見に従うこととした。

すると王子こそ王位を継承すると決めていた人々はこれに大いに反発し、国の因習を理由として明姫を女王とすることを許さなかった。だが大臣たちはまた国民は、聡明な美貌の姫の治世を強く望んでいる。王子を擁する一派は密かに姫の暗殺を企てる。すべてを見通す姫は逸早《いちはや》く、信のおける部下とともに身を隠す手立てを講じ、混乱の場を避けるため遠方に去る。

王子の戴冠式が挙行され、国は収まるかに見えたが、間もなく生来病弱であった王は病の床に就き、それを見越した隣国が攻め入った。戦が始まり、王は有効な策の取れないまま遂に逝去する。敵大将の軍勢は城を囲んだ。火矢が飛び、城には火の手が上がる。

これまでかと思われた時、鬼のような仮面の武将に率いられた一騎当千の兵《つわもの》たちが現れ、隣国軍を一斉に蹴散らした。

隣国は敗れ、去る。

仮面の武将は入城し、その面を取った。明姫であった。このときを見越し、特別の軍勢を準備していたのである。

明姫は先頭に立つ自分の容姿から敵に侮られることを避けるため、身体の形を隠す身幅以上の甲冑《かっちゅう》を着、異様の仮面をつけたのだった。

大臣の一人は言った。

「おいでになったときからわかっておりました。いかに恐ろしげな面をつけておられても、姫、あなたの美しい瞳を隠すことはできません」

わたしの知らない、いつかの時代にこんなこともあったかも知れないと思う。

物語を紡いでいるとき、わたしは許されている心地である。

それはここと異なる千億の世界のどこかにわたしの物語る歴史を持つところがあると想像す

ることの喜びによる。

コウハは時間を越えた音と言ったが、異世界から届く音と言われるならそちらのほうを信じたいと思うようになった。

邃には、わたしが創りあげたものとして明姫の物語を伝えた。邃は最後まで聞いた。

だがそれからわたしは、明姫のその後が気になった。

どこかから、いつかから、姫の消息を伝える言葉は聴こえてこないだろうか。

自宅で、職場で、行き帰りの車内で、邃の傍《かたわ》らで、わたしは耳を澄ませ、声の訪れを待った。

こない。「帝命定まらず」の一節以来、届くことはなかった。

解釈ばかりか創作に近い語り直しを始めてからわたしは変容した。何かが知れないがわたしの奥にあるものがそれまでとは少し異なってきたように思う。

そして、あるときわたしは、変容させることを考えた。

届いてこないなら送り出してみようと決めたのだ。

明姫の運命を、わたしが語り、どこか遠くに伝える。わたしの声は刻の長さを持っているだろうか。いようがいまいが、試みるだけのことだ。

美しい独り身の女王のありと知った周辺諸国の王たちが明姫にこぞって結婚を申し込む。それは姫の国の主権を得ることも意味した。だが姫は一切の申し出を断り、統治を譲ることはない。かつてのように戦となってもそうそう容易《たやす》くは敗れない屈強の軍団が姫に仕えていることは知れ渡っていた。

こうした思い付きのまま、言葉に直し、ではこれをどこで言挙《ことあ》げればよいのか、コウハはかつて、刻の長い言葉は、狼の吠えるように語れ、と言った。それは声高に「吠えよ」ということでなく、狼たちが吠える時と場所を選べという意味で、この今ならば、月満ちる夜、高い建物の上で、とでもしておけばよいだろう。

正直なところ、愚かしい馬鹿馬鹿しい児戯にも劣る、何を道化のようなことをするか、よほど考え直そうとしたが、しかし、おりおり耳に伝わる不可思議の音のように、もし本当に時を隔てて発することのできるならば、それはおそらく神の声と同じく、すなわち、わたしの言葉はかの世界に届くとき神からの伝言となるだろう。

いかに思おうにも心のゆく先を留められない。恥もない。無為でもかまわない。

明女王、待っていよ。時処遠く隔たったわたしがあなたのために言挙げる。

数日待って晴れた夜、天心に満月の上がる時、わたしはかねて見出しておいた、周囲で最も高い建物のひとつの屋上に出る。いくつかを試して非常階段から屋上へと上がる階段の先を閉める扉の、わたしにも乗り越えることの可能なところがありはしないか、何日も何日も、仕事を終えての後ごとにそっと影に隠れ潜み、外から登れる階《きざはし》を上がっては探してみたことである。

階数はあるがよほど古く、手入れが悪く、そこそこに不用心なマンションの一つが条件に適《かな》った。屋上へ続く途中に閉ざされた鉄の扉も遮《さえぎ》る意図を示すのみでさほど高さがなく、やや危うい身ごなしながら難なく扉を乗り越えると、普段人の登らないため周囲を守る手すりもない、夜空に真向いの屋上に立った。

足元あたりのコーティングが一部剝がれている。いずれ雨漏りの惧《おそ》れもありそうな、そんな劣化した建物の、それゆえわたしのような者にも容易く忍び込むことのできた、ここは都市の中の荒れた巖《いわお》の頂上である。

顔を上げ、空の真上にかかげられた白い真円に向かい、かつて聴いた言葉のように抑揚を持たせ、コウハの示した通りにできるだけ低い声で、しかし叫ぶ必要はなく、ゆっくりと、微かに触れる波のような揺れに漂わす心もちで、言葉を発した。

娶《めと》らんと欲《ほ》る諸王《しょおう》らの砕《くだ》かれごとは重《かさ》なりき
無双《むそう》なる楯《たて》とはかねて知られけん豊原《とよはら》の地の理《り》は遠からず
明《あき》らけく独り立つこそ天《あま》が下四方《したよも》に辿《たど》りょうどよめきのあれ

これでどうだろう。わかりはしない。わたしはできることをした。

こうしてわたしの物語はさらに進められた。

かつての姫は、そして今の女王は、生涯独身を貫く意思であった。

だがここでわたしにはとまどいが生じた。いかに善政を布《し》いてもそれは女王の一代しか続かない。永続的な法令を定めても、王国を継続させるには次世代の統治者がいなければならない。

王国でなく共和国とする、というのは近代の発想だし、このわたしが受け取り想定している時代場所では考えられない。

家臣の中から信頼に足る複数人を指定しておき、女王の死後、合議制を続けさせるか。

だが王の名のもとに、そして絵師すなわち予言者の言葉によって権威を得た女王であれば、その権威の継承を近代人の考えるような合理に由《よ》らせることはできない。どうしても血統という原始的な印を見せなければ民は家臣は納得しない。この未開性は我々自身もまた持つ。わたしたちが愛し、多大の人気を得た、どこか別の宇宙を舞台とする連続SF映画は、超文明と超技術を手にしながら、結局は王族の血統を継ぐ者たちが、共和主義の生み出した独裁政権を打倒するまでの戦いを描いていた。

まして王国を名乗るのであれば王は厳格に王の血族でなければならない。

ただし、明女王が主権を握るには「女王」であって「妃《きさき》」であってはならない。王を迎えてはならないのだ。

女王のもたらす戦果の実現によって、かつて姫を統治者と指定した予言者の権威は最大となっているはずである。予言者、絵師の言葉をもう一度用いるなら、王権の継承を性別に帰《き》させないための法を整えることもできなくはない。

だが、子はなければならない。

ここでまたわたしは気づくのだ、わたしはこの明女王の国の安泰をそもそも望んでいたのか。

わたしが心にとめたのは明眸の姫という選りすぐられた女性だけのことではなかったか。

明姫すなわち明女王の生涯がわたしから見て望ましいものでさえあればそれでよかったのではないのか。

一度、頭《ず》にのぼったことがあった、それは遥か昔、遥か彼方のこととして、しかしまた、それは千億の世界のひとつと言うではなかったか。

千億の類似の世界の一つとして並び立つ、それを平行する宇宙と呼んだ作家がいたはずだ。神であるわたしの迷いは、一つの世界に定められない言葉の反映としよう。いくつかの枝分かれした別々の、相反する運命をそのままに語る。

それでよい。わたしがこれだけと決められないならわたしの差し出した選択肢の中から自《おの》ずと成り立ってゆく運命の在ればよしとする。ただし、わたしの採らない運命は捨てられよ。

優しくも決然たる王の補佐としてかしずく姫を語ることはない。

打ち続く無残の行いをわが本質として優雅を忘れ去る姫の有様を語ることはない。

愛する者のためによかれと自らの望みを棄て、尽くすことの喜びに生涯を送る姫を語ることはない。

聡明であるが驕慢《きょうまん》で、美しくあるが意志強い、誰をも主《あるじ》と戴くことのない、わたしの生きる時間には見出されない栄光としてわたしは明女王の、遍歴を行末の幾通りかを、思いつく限り語ろう。

ひと月の後、幸いの晴天に続く雲のない月夜、わたしは先頃に見出した高所に再び上がり、入念の声音をもって言挙げた。

あらましき貴人《あてびと》をこそ招きたれ
女王《おおきみ》に一夜の睦《むつ》みあらせられ、御客人《ごきやくじん》にはその笑《え》みをただ須臾《しゆゆ》の幸《さち》とて給《たま》うなり
五《いつ》たりの明眸《めいぼう》の子はかの父の名も五様《ごよう》となんあらせける
異々《ことごと》の御《ご》器量人《きりようびと》の名残なる子らに順位は知らねども得意の役《えき》ぞ事々に負う

明女王は都度都度、心にかなう貴公子を招いてはしばらくの間、艶事《つやごと》に耽るがしかし、その執心は長く続かず、次々と愛人を替えた。自らがすべてを決める者であるなら、諸王が王妃の外に幾人も側室を蓄えると同様、気儘に、飽きるまでの恋の戯れである。だが貴公子らは、庇護の必要な妾《めかけ》とは違い、自ら立つ人々であるので囲い養う必要はない。皆女王の心が離れるとともに城を出た。

女王は遂にこの人と決めることはなかった。王はいないのである。女王だけがあって、愛人もまた臣下でしかない。

だが子をなした。今やそれぞれに父を異にする五人の男女があった。皆うるわしい眼をもっていた。

みなそれぞれに、女王の見込んだ男性らの優れた資質を受け継ぐ王子王女らは、その長幼にも性別にも序列を決められることなく、ただ、それぞれの得意を生かし、政治、経済、工芸、農事、軍事、五人それぞれが分かれて巧みを凝らした。必要のおりは予言者、絵師の言葉通りに王位を継ぐ王・女王は五人のいずれでもよかった。

五人はことさらに諍いを避け毎日言葉を交わし心隔てなくあるに努めた。絶えず情報を共有し、五通りの視点を示し合い、女王の聡明を受け継ぐ者らであれば、佞臣《ねいしん》の唆《そそのか》しをも容易く見破った。

さらなる後の世は知らず、これで女王は次代を憂うこともない。そこでかねて心に決めていた求道に努めることとなる。

天に星、地に花咲ける神秘《くしび》をぞ探ろう道の遥かなる
天球の動きかそかに悟るなえ、賢人来《けんじんき》りて語るらく御身心《おんみこころ》のうつろいと等しき月の欠け心地
智慮《ちりよ》ありて世の行方《ゆくえ》こそ虚しけれ吾《わ》が心魂の里《さと》郷はいずこぞ
現世《うつしよ》の無残のゆえを問わばとて理のあらざれば七層《しちそう》の軛《くびき》を砕き外《と》に出《い》でよ

果てしなき光溢るる宙《そら》の涯叡智《はてえいち》華やぐ源《みなもと》なりき

女王は万物の理論を求めた。星の動き、地の変化、鉱物の性質、動植物の習性、人のありよう、語学、数理、技術、医事、そもそもの我々の生きる意味、あらゆる知を得ようと書物を漁り智者を尋ね、自ら博物誌を書きとめた。

膨大な知恵の書のありと人々の伝える言葉を聞き、賢人たちは学びに訪れる。

ある一人の謁見者はこう言った。

「女王ははや、天地の動きの法則までも知っておられる。その秘法をも手にしておられるだろう。今や女王の心のままに月は欠け満ちるだろう」

だが、知れば知るほど、この地の約束は人の自由にならないことを女王は認める。

ある稀な機を得て、女王は、不可思議な説を知る。

この世界が不完全なのは造物主たるこの世の神がそもそも過ちを持ってこの世を創り出したからだと、その教説は告げていた。

その説によれば、本来の生命と栄光の輝きはこの世界の外にある。それは光明界と呼ぶ光の源泉である。そこから流れ来る至高の光輝によって我ら意志ある者たちはかろうじて誇りある者たりうる。

現世の造物主は現世では万能ながら、外に溢れる光を持たない。その名残を得た人間たちは、実は造物主を超える輝きを内に秘めながら、その光輝に嫉妬するこの世の神に支配され、この世に囚われているのである。すなわち、この世界にあるすべての物と異なり、人間だけは光明界から来た魂を持つのだ。

どこからこうした奇妙の説が語られ伝えられたのか、わかりはしない。その正誤を決める手立てすらない。だが、女王は心動かされた。

その説を叡智の説と呼ぶ。

女王は自らの残り半生をかけて叡智の説を探ることを決める。

行末《ゆくすえ》もただにて任《まか》せ委《ゆだ》ねつる打ち捨ての言葉重かりき
何処《いずく》にと眼差《まざし》を深み冷えまさり知識やすらう涯《はたて》やはある
世の外の理に添わしめよ眼瞑《めつむ》りて博雅《はくが》の人は荘厳《しょうごん》の堂にいませり
永《なが》の日の見上ぐる心羽根をなし消ゆる虚しき技《わざ》とこそあれ

知の巖と呼んだ御堂にはどれだけ長く居ただろう、瞑想の日は続き、位を退いて後の女王の心はさらに澄み、行末を憂うことすら捨てた。それは安らかであったが日とともに、心有ると思うその心の手触りさえ忘れかけていった。

輝く光明界の叡智を得ただろうか。わからない。

それだけでおればただ安らぐまま静かに、消えるように衰えていっただろう前王《さきのおおきみ》は、だが、ほどなく、心寄せるべき相手を知る。

かつて叡智の説を、自ら全面には信じかねるが、と加えつつ教えた女隠者がいた。名は知らず、人は黎《れい》と呼んだ。前王の見知った時、齢《とし》の頃およそ五十ばかり、その過去を知る人もない。

「はずれの地」と言われ、人の足踏み入れることの稀な荒れ地に崩れかけた古えの神殿があり、そこに雨露をしのぐばかりの小屋を繕《つくろ》い、周囲の僅かな土地に薬草類を植え、なにがしの菜《さい》を育てる。自ら求めては人と交わることなく、黒衣をまとい、一人《いちにん》で黎女《れいじょ》は暮らした。

ただ、おりおりに、病んだ人々、苦痛に耐え得ぬ人々が訪れては、黎の用いる薬草類を求めた。黎の調合する薬は病む人々の身を癒やし、苦痛を和らげた。

黎は求められるままに薬を施し、その効にあずかった人々は深々とする礼《いや》とともにいくらかの穀物や乳清と塩を置いていった。

はずれの地に住む賢女の風聞を耳にした前王は、真《まこと》ならばその智をも学ばんと一人、伴を連れず、質素ななりで面会を請うた。

黎は珍しくも高貴な客を前にも躊躇《ためら》わず、ときおり頼り来る村人らへのそれと変わらぬ振舞いで応じた。前王はその不動心を嘉《よみ》して頭《かしら》を下げ、たびたびの訪《おとな》いと対話を求め、許された。

黎は問われるまま、前王にその自身知る限りを伝え、前王はひとつひとつ問い直しては持参の控えに書きとめた。

薬草や鉱物、植生や動物の習性、人体の働き等々の知識とともに、その住まう壊れた神殿がかつて盛んであった時代の思想を、いかにしてなのか、伝え知っていた黎は、前王に語ることがあった。

前王はあまりの異端の説に驚きつつ、しかし依然、否、一層、智の喜びの勝るを感じ、いよいよ黎の言葉を追った。

ただし黎はそれを告げる時必ず、かくと伝える宗徒がかつていたことを知るが、その真偽を極めることは自分にはできない、と加えた。

このおり前王四十八歳、少しだけ年下の高貴な弟子を黎女は敬いつついとしんだ。

それから二年、異例に頻繁な前王の訪れには黎も意外の念をいだいたが、しかしそれは直ちに恩恵と、黎は、荒れた地の壊れた神殿の陰で語り合う時を尊いと言った。

黎の言葉は熱することなく逸《はや》ることなく、知と推とを厳格に区分けした。

その静かな口調の奥にはしかし、現世のことさらな理不尽に憤り、人々の苦しみを知識と技とで除こうとする意志が見えた。

前王はさらに信を深め、そうするうちにこの人なしにいられぬ自身の心の重みをも知ったのである。

するといずれから言い出されたものかは知れない、二人は、僅かなりとも真理に触れうるならばと意図してであろう、ある古来の術を試みることを決めた。

それがいかなるかは今、誰も知らない。だが、数か月もあるいは一年以上もかけて、ともどもに精密な手立てを経た用意がなされ、初夏のとある朝、遂に術は実行されたという。

そして二人はその後、この世界から消失したと伝える。

それは現世から叡智の里への飛翔であっただろうか、あるいは過ちによるこの世からの失墜だっただろうか。

だがわたしは伝える。いずれであっても、心通わせた二人がともにゆく処には幸のみある。

この世でなすべきことをなし終え、虚空に翔《かけ》り去った賢者たちに栄光あれ。

智《し》ることの華《はな》いにしえは燦《さん》と開かる扉とも見ゆ
神ありや悪魔はありや石の際《きわ》身に象限《しょうげん》の分かち来れば
つたなきは思い残しの迷い草陽《ひ》に薄雲の纏うごとしも只視《ただみ》る一盞《いっさん》の汝《なれ》とわが身と
鍾愛《しょうあい》に結《ゆ》わく手の手の短糸《みじかいと》ここより人の生くるにあらず
眼差しの通う限りは征《ゆ》くならん希美《きび》相対《あいたい》て九十九《つくも》尽くさず

才暗《さいあん》に伝《つた》う全波《よしなみ》つづれどもかく彰《あき》とだに靉靆《あいたい》の関《せき》

栂《つが》しだくゆくも施《し》がるに共二《ともふた》びまた詠餐《えいさん》の憂《う》きを解《と》きたれ

ただ先の開け行くなえ香《か》の香《かお》る

ここまで語ったとき、がしゃんという音とともに、閉ざされていた鉄の門扉が開き、制服を着た二人の男性が屋上に上がって来た。

わたしを見ると年配らしい一方の人が言った。

「ここで何をしておいでです？」

率直に答えるなら、どこか彼方の時間に向けて運命の鍵となる言葉を送り出しているのだ、と言うことになるが、それをここで答えて得心されるとは思わない。

わたしの行いの意味はコウハにしか認められないだろう。するとここでまことしやかな嘘を語らねばならない。そのちょうどよい嘘をわたしは考えかねた。しかたなく身繕い程度の言い方をした。

「月の夜に歌うことが好きなので歌っています」

「でもここで歌う必要はあるのですか」と同じ人が尋ねる。

「ええ。高い所で、月に近いと思えるところに立ちたくて」それは全くの嘘ではなかったが。

「でもこれは不法侵入なのです」と相手。

残りあと数句を月に向けて語ることができなかったのは残念だが、ほぼ目的は達しているのであればここを潮時とした。できるだけ素直な態度で謝り二人の警官に連れられて階下へ下りると、交番で長らくのやりとりを強いられたが、初犯、窃盗の意思なしといったあたりでひとまずは解放された。

翌日、逵はいつもどおり冷静にわたしの報告を受け取ると、今回の事態発覚のきっかけを尋ねた。

満月の頃になるたび屋上から妙な女の声がするとして通報されたらしいとそのままを答えると、次はその目的を問われた。

「いつか聞こえた言葉に応えようとして」

と言ったが、このときわたしがどう答えていてもその後の逵の予定する行動に変わりはなかったらしく、ともに自動車に乗ることを勧められ、行き着くところに病院があった。

そこでのやりとりでは、わたしから行動の詳細を伝えたわけでなく、医師は気遣うらしい態度で深くを追わず、一通りの気分の良しあし程度の質問だけで、処方箋を書いた。

終始、逵が付き添っていたのは、予《あらかじ》め医師にわたしの病状なるところを伝えてあったのだろう。

以後必ず三種の薬を服用することを強く勧められ、逵の眼前で水とともに飲み下すと、口を開けるよう言われ、逵は、わたしが薬を嚥下《えんげ》したことを確認した。

それで何か心地が変化したようには思われない。ただ、比較的頻繁に耳に届いていた、りん、という涼しい音が以後聞こえなくなった。

言葉はもとより届かず、もはやわたしには刻の長い音をとらえる能力が失せたのだと思った。そうしたこともすべて遼に伝え、半年もすると「寛解《かんかい》した」として薬の処方をしばらく止めてみようと言われた。

そうしても依然、音が聞こえることはなく、やはりわたしにはもう聴き取る能力がなくなったのだとわかった。コウハとは学生時代以来会っておらず、連絡先も知れないので現状を問うこともできない。

こういったことすべてをこの地では統合失調と呼ぶのだろうと思ったが、といって、違う、わたしは病気ではない、と主張するほどの熱意もまたなかった。

ただわたしにはもう遥かの地の言葉を受け取り、また言葉を投げることができないのだなと思うばかり、またそれはわたしの生涯に一度限りの奇蹟であり、二度となしうることではないのだと思うばかりである。

遼の意向はよくわかっている。だが今、わたしにはもう何の目的も望みもないので、遼の求めるような妻の役割は取れない。望まない。

わたしにはこの後の時間が必要ない。すべきことはなしたと思った。それは明とも黎とも同じである。そして誇りたい。わたしは、二人の女性に真にあるべき運命を与えた。そう信じたい。

おそらくわたしは、大変不出来な造物主であった。外の地から明と黎の生《せい》を支配したはずだが、その成果を知ることはできない。

不完全であっても、もしわたしの言葉が神の言葉として、かの地へ届いているのなら、それでも二人に何かの幸いを与えているだろう。

これだけのためにわたしはいた。役割と言おう。わたしは最も望ましく聡明な女性二人を智の源たる処へ送り返した。わたしには行けない処である。

今、わたしの住まう部屋は地上十階にある。ヴェランダには好きに出られるし、遂にはわたしの志もその帰結となる行動もわかりはすまい。ただ従順な妻となることだけを期待し、薬物によってそれを達成できたと信じているから、危機を感じてもいない。あと一時間もすればおもむろに職場から帰ってくるだろう。

わたしは満ち足りているけど、不要なものがひとつある。それは自分の心。

ヴェランダへ出た。今夜、月は半月だが夜風が快い。

明、黎、あなたたちにはひたすらこの世ならない叡智を望みます。

さようなら。

初出一覧

01　リスカ　「文學界」2016年2月号
02　正四面体の華　「群像」2019年12月号
03　ガール・イン・ザ・ダーク　「ガール・イン・ザ・ダーク　少女のためのゴシック文学館」講談社／2018年7月収録
04　精霊の語彙　「ナイトランド・クォータリー23」2020年12月　＊「精霊語彙集」を改題
05　目醒める少し前の足音　「ナイトランド・クォータリー25」2021年6月
06　縞模様の時間　「ナイトランド・クォータリー増刊　妖精が現れる！　コティングリー事件から現代の妖精物語へ」2021年8月
07　かけらの生　「ナイトランド・クォータリー27」2021年12月
08　隙間の心　「ナイトランド・クォータリー28」2022年3月
09　帝命定まらず　「ナイトランド・クォータリー29」2022年7月

高原英理（たかはら・えいり）

1959年生まれ。立教大学文学部日本文学科卒業。東京工業大学大学院社会理工学研究科博士後期課程修了（価値システム専攻）。博士（学術）。1985年第1回幻想文学新人賞受賞。1996年第39回群像新人文学賞評論部門優秀作受賞。主要著書に『少女領域』『エイリア綺譚集』『高原英理恐怖譚集成』（以上、国書刊行会）、『無垢の力』『ゴシックハート』『不機嫌な姫とブルックナー団』（以上、講談社、『ゴシックハート』は後にちくま文庫として再刊）、『ゴシックスピリット』（朝日新聞社）、『神野悪五郎只今退散仕る』（毎日新聞社）、『うさと私』『観念結晶大系』（書肆侃侃房）、『怪談生活』『歌人紫宮透の短くはるかな生涯』（立東舎）、『日々のきのこ』『詩歌探偵フラヌール』（河出書房新社）がある。編著に『書物の王国6　鉱物』（国書刊行会）、『リテラリーゴシック・イン・ジャパン』『ファイン／キュート』（筑摩書房）、『ガール・イン・ザ・ダーク』『深淵と浮遊』（講談社）、『少年愛文学選』（平凡社）、『川端康成異相短篇集』（中央公論新社）。

祝《しゅく》福《ふく》

二〇二三年七月二〇日　初版印刷
二〇二三年七月三〇日　初版発行

著者　高原英理
発行者　小野寺優
発行所　株式会社河出書房新社
〒一五一―〇〇五一　東京都渋谷区千駄ヶ谷二―三二―二
電話　〇三―三四〇四―一二〇一［営業］
　　　〇三―三四〇四―八六一一［編集］
https://www.kawade.co.jp/

組版　KAWADE DTP WORKS
印刷　モリモト印刷株式会社
製本　大口製本印刷株式会社

ISBN978-4-309-03117-0
Printed in Japan

河出書房新社　高原英理の単行本

詩歌探偵フラヌール

「フラヌールしよう」

そして僕たちはゆるやかに街へ飛び出す。

書店員・梅﨑実奈さん推薦。

詩歌を巡る、ゆるふわ探検散歩小説。

日々のきのこ

「まるまるとした茶色いものたちが一面に出ていて、季節だなと思う。どれもきのこである」

翻訳家・岸本佐知子さん、詩人・最果タヒさん推薦。

新たなる「きのこ文学」の傑作、誕生。